ミャンマーからの声に導かれ

――泰緬鉄道建設に従事した父の生涯

松岡素万子

ビルマ（現ミャンマー）周辺地図

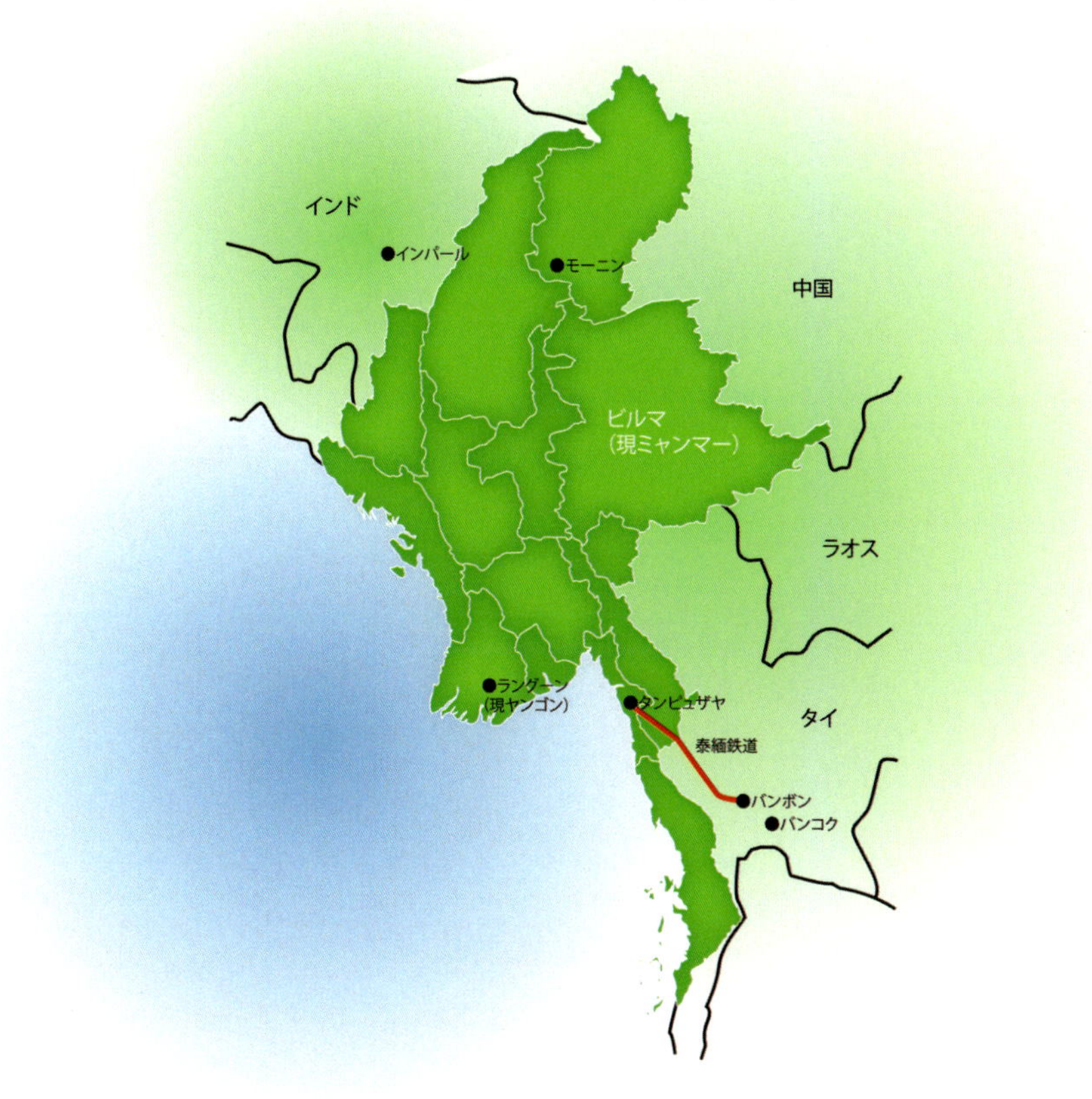

徴集直前の 20 歳のころ。

ミャンマーのカチン州サラガドン村にて、慰霊。

2015 年 6 月 22 日、元イギリス人捕虜、ハーロルド・アチャリーさんとの会合。

2016 年 1 月 4 日、泰緬鉄道博物館にて。

父を支え続けてくれたミャンマーの人たち。

昭和 17 年、ラングーンにて。22 歳。

2013 年 3 月、モン州のお祭りにて。アウンサンスーチーさんと。

ヤンゴンの日本人墓地にて、慰霊。

ミャンマーからの声に導かれ

――泰緬鉄道建設に従事した父の生涯

松岡素万子

はじめに

父木下幹夫《きのしたみきお》は、大正九年七月八日大阪府豊中市に生まれ、九七歳になる現在までミャンマーとの深いご縁が続いています。なぜならば、父は第二次世界大戦中ビルマ（現ミャンマー）の地におもむき、泰緬《たいめん》鉄道建設に従事し、また、ビルマ北部にあったモーニン駅の駅長をしていました。昭和一五年（一九四〇年）、二〇歳で現役兵となり、二一歳で戦地におもむいた二六歳までの七年間は、父のその後の人生を決定づけるほど大きなものであったと思います。

小さいころ、私は父から戦争の話を聞いた記憶がほとんどありません。しかし、父は、孫には戦争のことを多く話しました。三人の子どもたちは、寝る前の物語として機銃《きじゅう》掃射《そうしゃ》された様子や、戦友が亡くなったときの状況など、父が次に何を話すかわかるほど何度も同じ話を聞かされて育ちました。

それは、父の中で何かが昇華されて初めて戦争について語ることができる時期だったのではないかと思います。父は幸いなことに直接人を殺《あや》めることをしなかったので、そのこ

高等小学校級長時代。一四歳。

とに対する心の傷はそれほどでもなかったかもしれませんが、劣悪な作業環境の辛さと、戦友を亡くした悲しみの深さは、想像をはるかに超えるものがあったと思います。

父は戦地から帰還して、たくさんのことを人々に伝えたかったと思います。心の傷を癒《いや》したいと思ったはずです。ですが、帰ってきた日本はそれを受け入れるような状況ではありませんでした。

これは、戦争から帰ってきた多くの方が語っておられることですが、戦争に行ったのは日本のためであり、家族のためであったはずなのに、帰ってみれば戦争そのものがとても悪い行為になっていたのです。

「万歳！」と送り出してもらったのに、負けて帰ってきたとき、出発時の状況とはほど遠い日本の変化に、深い戸惑《とまど》いがあったのではないかと思います。幸せなことに帰還した父のことを、家族をはじめ近所の人たちが温かく迎えてくれたので、父はそれほど戸惑いを感じることなく、戦争前に勤めていた阪急電鉄という会社に無事復帰することができました。

父はうまく時代の流れに乗ることができましたが、戦争中の出来事に対して口を閉ざし、心の奥底にしまい込んだ方も多かったと思います。しかし、しまい込んだものはいつまでもそこに存在しています。生涯その苦しみを誰にも言えず、自分ひとりで抱えたまま、敗戦後を生きた方も少なくなかったはずです。

昭和二一年一〇月二二日に内地帰還命令が下り、連合軍の検閲後バンコク港より出船し、同年一一月三日に航空母艦葛城《かつらぎ》で浦賀《うらが》港に帰還しました。そのとき父は戦友たちに、「こうして生きて帰って来られたのだから、みなさんも故郷《おくに》に帰って、世のため人のために尽くしましょう」と伝えて別れたそうです。

その言葉通り、父はその後、人生のほとんどの時間を、住んでいる市や地域のために費《つい》やしました。会社を定年退職してからは関わる範囲も増え、十数種類の役職に就《つ》いていました。父が地域のために初めて自ら動いたのは、子ども会の設立です。地域の子どもたち

昭和三二年（一九五七年）八月三日、第一回下新田子ども会盆踊り。

を集めて、自分の庭に提灯《ちょうちん》を飾り、蓄音機で音楽をかけ、盆踊りを開催しました。昭和三二年八月三日、私が四歳を迎えるころです。

　当初、十数人の子どもたちで踊っていましたが、六〇年目を迎えた今、みなさんのご尽力で五〇〇人規模の地域の大きなお祭りになっています。その実行委員長として、ここ数年は私の主人が関わっています。そのことにも感慨深いものがあります。

　先日、七〇歳近い近所にお住まいの現在自治会長をされている方が、小学生時代の父との思い出を「自分が小さいころ、いろいろな場所に連れて行ってくれて、多くのことを教えてもらった。おやじ以上におやじだった」と語ってくれました。まだ、大人が働くことに必死だった時代、父はどこへも連れて行っ

吹田まつりの「吹田くわい」神輿。

てもらえなかった子どもたちを集め、川遊び、キャンプ、スケートなど、子ども会の会長として多くの行事を企画したのでした。

二六年間務めた自治会長、お寺の門徒《もんと》代表や神社の総代《そうだい》、青少年指導委員、少年補導員をはじめとする市役所のボランティア活動、善行会、赤十字の活動など、父が関わった仕事は多岐にわたっていたので、地域では知らない人がいないほどでした。

父は、また手先が器用で、現在も吹田《すいた》まつりのパレードに登場する「吹田くわい」の神輿《みこし》を作り、地域の子ども神輿なども製作しました。父が打った能面の数は一三あります。能面も含め、父が今まで手作りしたもの一〇〇点余りを集めて、下新田《しもしんでん》自治会館で個

2009 年 11 月、木下幹夫作品展。

展を開いたことがありました。素人《しろうと》の作品なのに、二五〇名を越える地域の人が見に来てくれました。

父は何かあると大工道具を携《たずさ》えてどこへでも気軽に出かけました。公民館の棚の修理や小学校の木工教室のお手伝いなど、どんなことでも父が行けば解決しました。私が三〇年間合宿に使わせてもらっている吹田市わくわくの郷《さと》のキャンプ場でも、大釜の蓋《ふた》の劣化が激しかったので、父が新しいものを製作しましたが、それは今でも現役で使われています。

そんなふうに父は自分の技術を地域と密着したところで活用できたので、多くの人に喜ばれました。

七〇歳ころからは、自分ではなかなか旅行に行けない近所の同じ年代の人たちに声をかけ、海外旅行を企画して、自ら先頭に立って旗を振りながら多くの国へと出かけました。ハワイ、シンガポール、韓国、中国などを訪れ、国内旅行も合わせるとかなりの数になります。亡き母もいつも一緒で、楽しい思い出を作りました。

そんな父でしたが、耳が悪くなり、会議の内容が聞き取れなくなったのを機に、九四歳になる二〇一五年四月、一つを残してすべての役を降りることとなりました。

二〇一三年には、吹田防犯協議会副会長として、長年、地域の防犯活動に努めたことで藍綬褒章《らんじゅほうしょう》を拝受しましたが、父は地位や名誉のために動いていたのではなく、ただただ、あの浦賀の港で戦友たちと約束したことを実行したのです。

父が一九七六年から二〇一六年までの四〇年間、二七回ものミャンマーへの慰霊の旅を続けてきたのも、亡き戦友、並びに戦争中犠牲になった現地の人たち、捕虜として一緒に働いていた人たちを弔《とむら》うためであり、いつも待っていてくれているという強い気持ちがあったからです。

ひとりの命が父にとってどれほど重かったのか計り知れませんが、父の後ろ姿がその重さを教えてくれました。

どんな遠い地でも、亡くなった場所におもむいてお花を手向《たむ》け、果物やお菓子、お線香をお供えして、そこで亡くなった一人ひとりの名前をしたためた紙を用意してお経をあげてきました。

父は、慰霊を続けた四〇年間、ミャンマーという国の変化を身体で感じてきました。時代の変化を越えて、変わらず助けてくれたミャンマーの人々との交流を大切にしてきた結果が、今いろいろな形で現れています。

戦争中の泰緬鉄道建設の状況や、ミャンマーという国と日本との繋《つな》がり、また、今のミャンマーの状況なども、父の体験を通じて書いておきたいと思います。

戦争という過酷な状況の中で何が起こったのか、当時を生きた父の記憶から語られる言葉は断片的ではありますが、貴重な歴史的事実を知ることができます。また、今のミャンマーがどう変化していくのかについても、交流を続けてきた何人かのミャンマーの方々の言葉がヒントになることでしょう。

日本が敗戦国であることから、いつも謝る立場になってしまう戦争中の話も、父のように捕虜を虐待《ぎゃくたい》することなく、どちらかというと捕虜とは良きパートナーとして作業を進めた者がいたという事実もしっかり書き残しておきたいと思っています。

また、この本を書くにつれ胸に迫ってきたのは、あの計画性のないインパール作戦において亡くなった兵士の方々の無念の思いです。

いまだ、数万体とも言われる遺骨が「白骨街道《はっこつかいどう》」と名付けられた退却路に収集されないまま眠っています。私たちは今の平和の礎《いしずえ》になってくれた人々がいたことを知らなければなりませんし、また、忘れてはならないのです。この本が父の生涯を語るに留まらず、そんな事実にも目を向けるきっかけになればと願っています。

戦争というものは、国と国の戦いというイメージがありますが、実は一人ひとりの人生が犠牲になる最悪のものなのです。それに加え、犠牲になった人を取り巻く大勢の人の悲しみの連鎖が起こります。

宇宙から青い地球を見たら国境は見えなかったと宇宙飛行士の方がおっしゃる通り、私たちは限りある土地や水や資源を大切にしながら、地球人としての秩序を持って生きる時代になっていると思います。

これからを生きる若い人たちは、戦争で物事を解決するのではなく、その国の大切な伝統や文化を守りつつ、言葉を使ってお互いを理解し認め合うことを大事にしていかなければならないのです。そのためにも、本書が、次の時代を生きる人たちが決して戦争をしてはならないと心に誓うきっかけとなれば嬉しく思います。

そして、戦争当時からのミャンマーと日本の歴史や出来事を知ることで、多くの人々にミャンマーという国を理解してもらい、両国の真の友好関係が築かれ、その思いが末永く続くよう願ってやみません。

二〇一七年一二月

松岡素万子《まつおかすまこ》

ミャンマーからの声に導かれ
――泰緬鉄道建設に従事した父の生涯

目次

カラー口絵　1

はじめに　10

第一章　父と泰緬鉄道　23

現役兵として徴集／シッタン河木造鉄道橋建設／泰緬鉄道建設／モーニン駅長時代

第二章　ミャンマー慰霊の旅　53

父の慰霊の旅／泰緬鉄道博物館オープニングセレモニー／父のスピーチ／セレモニーの後で

悲しい出来事／憎しみを後世に残さないために

第三章　慰霊で広がる人の輪　87
今里淑郎さん／橋本量則先生との出会い／板野博暉中佐のこと／スースーチさん
アウンサンスーチーさん／オンマータイさん／シャントーミィンウーさん／古賀公一さん
置田和永さん／吉岡秀人先生

第四章　時を超えた友情　127
はじまり／出発／イギリスにて／レセプションの様子／レセプションの後で／最後に

第五章　戦争のない未来に向けて　171
泰緬鉄道博物館像の撤去運動／モン州大臣への手紙／結びとして／木下幹夫受賞歴／木下幹夫社会教育歴
「私の戦記」という記録の冊子を作っていた父が最後のページに書いていた言葉

あとがき　187

第一章　父と泰緬鉄道

現役兵として徴集

父は、大正九年（一九二〇年）七月八日に大阪府豊中市で生まれました。十人きょうだいの三番目で、高等小学校時代は級長を務めるほど周りの信望も厚かったそうです。勉学に励んでいたものの、きょうだいが多かったため高等教育を受けることはできませんでした。当時の夢は、学校の先生になることだったそうです。

昭和一五年（一九四〇年）父は現役兵として徴集《ちょうしゅう》されます。「私は、現役兵である」と、父はいまだに誇らしげに言います。当時は、甲種《こうしゅ》合格は男の名誉、憧れと思っていた人も多く、今なおその感覚を記憶に留めているのでしょう。「現役兵」というのは、甲種合格で、なおかつその中から抽選で選ばれた兵隊ということでした。しかし、戦争が中盤を迎えるころは、兵隊になる人が不足して余裕がなくなり、体力的にも到底耐えられないような人たちも戦争へと駆り出されることになったようです。人を兵隊としての資質だけで甲種、乙種《おつしゅ》、丙種《へいしゅ》、丁種《ていしゅ》、戊種《ぼしゅ》に分け、甲種合格が良しとされ、それを誇りに思わせるような時代背景があったのです。

二一歳の徴兵から二六歳で復員するまでの約六年間は、父のその後の人生に影響を与え

召集時の写真。

る大きな出来事の連続でした。
父は、阪急電鉄株式会社に勤務していたので、鉄道兵として旧陸軍鉄道第五連隊第二中隊に入隊します。小島東一中尉と行動をともにしたそうです。

昭和一六年三月一〇日、近畿各地から集まった四六名の同年兵とともに北御堂《きたみどう》に召集され、その後、大阪市内で敬礼や銃の撃ち方などを短期間で教えられました。

三月二五日には行く先も告げられないいまま築港《ちっこう》の第三突堤から輸送船団にて四月三日南支黄浦《ほわんぷー》に上陸し広東、小梅村に駐屯。三七〇キログラムもあるレールの運搬など激しい訓練が三か月以上続きました。

一〇月にはベトナムに駐屯。さらに船で運ばれ、着いた先はカンボジアのプノンペン。

そこでまた訓練を受け、タイへ進駐。昭和一六年（一九四一年）十二月マレー作戦によりマレー半島シュンゲイバタニに駐屯。そこでペラク鉄道橋破壊のため、架設作業に入りました。

列車、自転車行軍などで移動。マレーシア、シンガポールを経て、その後行先もわからず船に乗り、昭和一七年（一九四二年）三月二七日に着いたところがビルマ（現ミャンマー）のラングーン（現ヤンゴン）でした。すぐにビルマ作戦に突入となりました。前年一二月八日には真珠湾攻撃により戦争が始まっていました。

しばらくの間は、空爆で敵に破壊された線路の補修をしました。父の戦争中の大きな仕事としては、シッタン河木造鉄道橋建設、泰緬鉄道建設、モーニン駅長勤務の三つがあります。

シッタン河木造鉄道橋建設（昭和一八年一月五日工事開始、同年五月四日開通）

シッタン河の木造鉄道橋建設は、二キロメートルという長さと、また、海からの大量の水の逆流により、途中まで架けた橋が何度も流されてしまうのを受けての難作業でした。

泰緬鉄道のレール資材収集のためには、マンダレー本線から撤収したレールを泰緬鉄道

シッタン河木造鉄道橋完成時。

に移送する必要があります。そのために、シッタン河の架橋は不可欠でした。しかし、シッタン河は三メートルに及ぶ潮津波《しおつなみ》の押し寄せる難所であり、英軍が退却の際、友軍のインド部隊をこの橋に残したまま爆破したことでも知られる橋です。
「ジャングルから大きな木を切り倒し、現地の人に象を使って木々を曳《ひ》かせて持ってくる。それを、横に五本打ち込んで横幅の土台を作った。一キロは鉄道第五連隊が作り、後の半分は反対側から架橋部隊が建設した。月夜の晩に海から水が逆流してきて、一晩で流されてしまった。それが一番辛かった。やぐらを立てて杭を打った。そこでの犠牲者は少なかったが、水泳ができない兵隊が川でおぼれたことはあった」と父は語っています。

シッタン河のこの工事については、長谷川三郎著『鉄道兵の生い立ち』（一九八六年発行・三交社刊）に詳しく記述されています。長谷川三郎さんは父のはるか上官にあたる方で、七〇〇ページを超えるこの本は、当時を記録しているとても貴重な資料です。

「雨季が始まる五月までに完成せよという至上命令が課せられた。その成否は、材料の補給にかかっていた。シッタン河上流の十数キロに渡る密林の固有チーク材より伐採して象、牛車などにて河岸まで運んで筏を組み、チーク材の生木は水に沈むので、竹束で浮力をつけて、架橋地点まで流下し、製材所を新設して動力、或いは手挽きで加工する。杭材末口二五センチ以上、長さ一〇メートルのもの一万本、桁、冠材用二八センチ角長さ四・五メートルのもの一万本、橋梁用枕木五〇〇〇本」（長谷川三郎著『鉄道兵の生い立ち』より）

父が話していた潮津波、すなわち海からの逆流は「タイダル・ボア」と呼ばれるものです。これは月の潮汐力《ちょうせきりょく》によって河口側の水位が高くなることで発生し、特に大潮の日に顕著です。

「万雷のごとき轟音を伴って一メートル余の波頭を立てて、幅二千メートルの大河が一気に逆流する様相は、大自然の猛威を目の当たりに見る感があった」（『鉄道兵の生い立ち』より）

戦時中の記憶にあった白いパゴダ。

大変な難作業をわずかな日数でやり遂げるには想像を絶するものがあったはずです。当時の文章を読んでいると、関わった人々が鉄道兵としてプライドを持って仕事に従事し、また、鉄道第五連隊は石田《いしだ》栄熊《えいぐま》・泰緬鉄道建設第三代司令官の言にあるように、技術的にもとても優秀な部隊であったことがわかります。

シッタン河の川岸に部隊の駐屯地があって、その周辺の村の人もこの鉄道橋建設の仕事に従事していました。父は建設中、村を何度も訪れたことがあったようでした。

戦後、父の慰霊の旅が始まり、シッタン河の慰霊は川岸に降りた場所でしていましたが、戦争中訪ねた村を探したくなって、いつも一緒に慰霊について来てくれるミャンマー人のスタッフに頼んで、周辺の地図を参考に探すことにしました。目印は、川から見えた白いパゴダ（三角錐の仏塔）です。毎年探していましたが、ついにある年、そのパゴダを見つけることができました。

そこにいた村人たちに、「戦争当時、橋の建設に従事していた人はいないか教えてほしい」と話すと、その話を聞いていた人たちは一斉に各家に走って帰りました。待っていると、ひとりの老人がみんなと一緒にこちらに歩いてきます。「私は、当時橋を作っていた」と言うので、間違いなくこの村だということがわかりました。父とその老人は、再会を喜び合いました。

帰る時、ひとりのおばあさんが「また、来い！」と日本語で言いました。兵隊が使っていた言葉のようでした。それからは、その村を通ってパゴダで慰霊をすることができるようになりました。白いパゴダの横には立派な金色のパゴダがあり、それは日本人が戦後作ったものだそうです。

毎回、その村に行くと必ず村人が出て来てくれて、お寺の僧も来てくれます。村からプラスチックの椅子を父のために持ってきてくれることもあります。たくさんの子どもたちも集まってくるので、慰霊の後は必ずお供えのお菓子や果物を子どもたちに配ります。

パゴダのある村の村人たち。

二〇一五年四月に訪れたときは、父は裸足《はだし》で慰霊をするための準備をしていましたが、ガラスのようなものが足の裏に刺さってしまい、血が出てきました。すると、村の男の人が川の近くまで走っていって、薬草を取って来てくれました。血止めの薬草だということでした。

ミャンマー人のスタッフは慌《あわ》てて止めましたが、私はその村人の優しさとミャンマーに古くから伝わる薬草の効果を信じることができました。父も同じ思いで、足の裏を差し出して薬草をつけてもらいました。スタッフが後で応急処置をしてくれましたが、ふと、戦争中に日本兵が怪我をしたとき、あの薬草をつけた人がいるような気がしてなりませんでした。

二〇一五年に訪問したときは、父の体力も低下していて、これが最後になるかもしれないという思いがみんなにもあったようで、いつもとは少し違う雰囲気で村人や僧侶《そうりょ》にお別れをしました。

泰緬鉄道建設（一九四二年六月七日〜一九四三年十月十七日）

映画「戦場にかける橋」や、その主題歌「クワイ河マーチ」で有名な泰緬鉄道は、旧日本軍が軍事物資を運ぶためにタイとビルマの間に敷設した鉄道（全長四一五キロ）です。建設に当たって現地労働者や捕虜《ほりょ》などが動員され、過酷な労働環境や熱帯病で四万人が亡くなったことから、別名「死の鉄道」とも呼ばれています。

父の部隊は、日本兵一〇名、オーストラリア人捕虜一一〇名、現地の労働者二〇〇名という構成で、父は曹長としてレール敷設をする際に土台になる路盤の工事を監督しました。ジャングルを切り開くという過酷な労働に加え、雨季が始まり、コレラや腸チフス、マラリア、赤痢《せきり》などが蔓延《まんえん》しました。ジャングルに列車を走らせることは、自然への挑戦的な行為であり、初めから無理があったのです。

それでも泰緬鉄道の完成に漕ぎつけることができたのは、戦時下の非常事態だからこそ

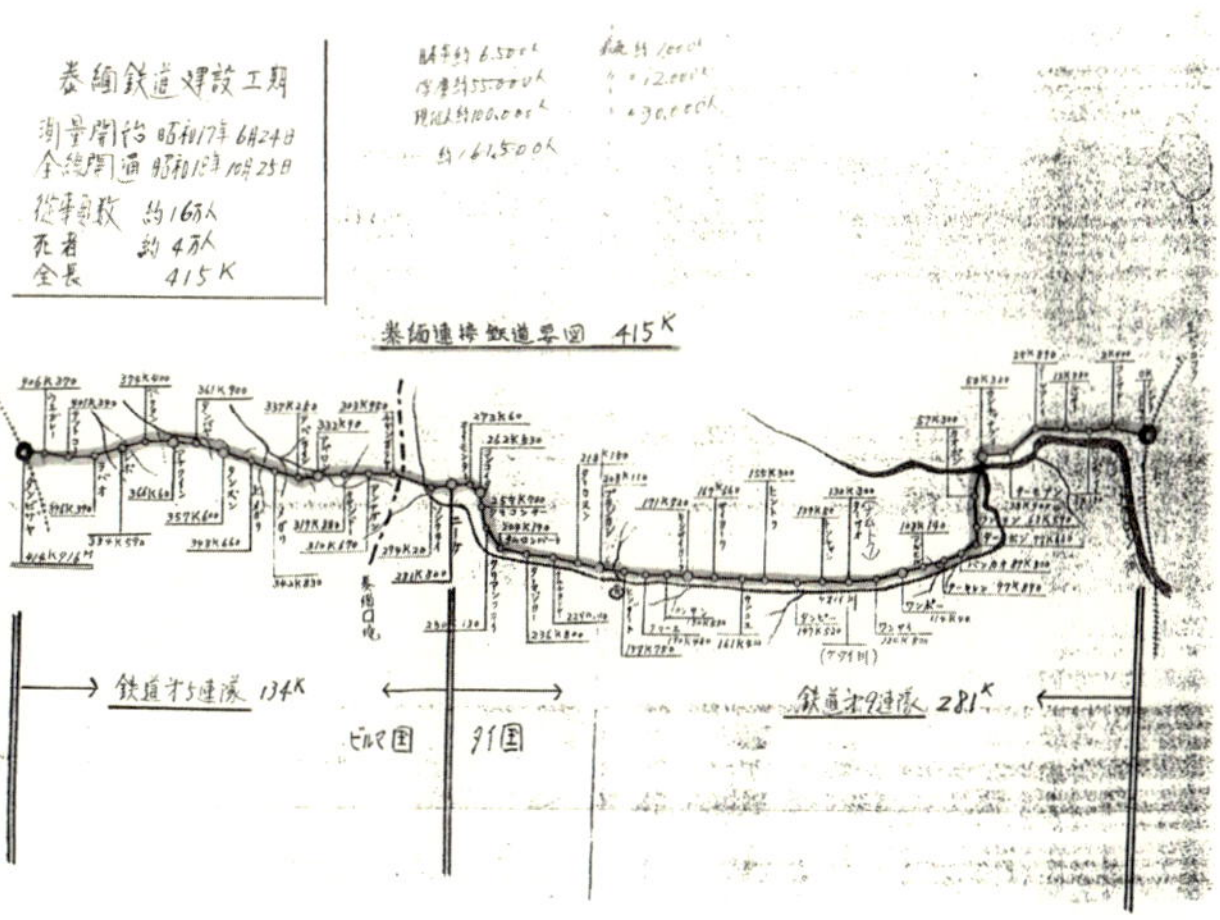

父が追記した泰緬鉄道の測量地図。

でしょう。日々の工事の疲れから、少しの行き違いで感情的になることも多かったかもしれません。しかし、父は捕虜などに暴力をふるうようなことは絶対あってはならないと部下に伝えていました。

「捕虜といってもおんなじ人間やからなあ。よくやってくれた」

晩年父から何度も聞いた言葉です。

そんな雰囲気があったので、父の部隊では大きな争いごとも起こらず、日々の仕事のノルマを達成しようとみんなで集中し、協力できたのではないでしょうか。

タイ側からの工事区間とビルマ側からの区間が繋《つな》がったときが、オーストラリア兵との別れでした。父はオーストラリア兵捕虜のほとんど全員と「サンキュー！」と言って握手をして別れたそうです。

「ほんとによく働いてくれた。みんなおとなしかった。一緒に働いていたら情が湧《わ》く。今でも会ってみたいと思う」

父の言葉には、辛い仕事をともに乗り越えた人間としての繋がりが感じられました。同じものを食べ、同じ形式のヤシの葉で作った宿舎に寝るという、捕虜と同じ環境で過ごした日々でした。

「毎日オーストラリア兵のキャプテンと話し合って、その日の予定を決めた。雨が降るとみんなが濡れて病気になったらいけないので、『今日は休もう』と話した。そんな日は、捕虜たちはトランプを楽しくやっていた。トランプは、詳しいルールもわからないので言われるままカードを出して遊んだ。一緒に唄を歌ったり、球技をして過ごしたこともある」

物資がなくなり、乾燥野菜ばかりになったときには、こんなこともあったそうです。

「ジャングルで蛇を取って椰子《やし》油で揚げて天ぷらにして食べた。生のものが食べたくて、現地の畑のものを勝手に取ったこともあった。ミャンマーの人には大変迷惑をかけたと思っている」

四〇年間に渡る慰霊の旅において、ミャンマーの人々への感謝の気持ちを持ち続けたのも、命を繋がせてもらったこのときの経験があったからだと思います。

暴力をふるわないで捕虜と接することができた父は、ある意味幸運だったのかもしれません。誰もが最初から手を挙げようとは思っていなかったはずです。言葉がわからないことから誤解が生じ、つい手を挙げてしまったことが暴力になり、それが捕虜の恨みをかい、戦後戦犯の裁判にかけられ死刑になったという人の話を読んだことがあります。

その日本兵は、心の中ではだんだん痩《や》せていく捕虜たちがかわいそうで何とかしてあげたいと思っていても、どうしようもない言葉の壁と戦争という現実があったと書き残していました。そのやるせなさは心に迫ります。


泰緬鉄道は、イギリスが戦争前に調査した結果、地理的条件の悪さや雨季という特殊な気象条件もあり、到底完成は無理であるという結論を出した路線でした。もし、実行するなら、五年の工期が必要だとされたそれを、たったの一年四か月で完成させたのです。

タイ側とビルマ側の両側から工事は始まりました。当初地理的条件や労働条件、環境などビルマ側のほうが格段に劣っていたにも関わらず、終わってみればタイ側のほうがより過酷で犠牲者も多く出ています。タイ側は輸送手段としてケオノイ川を使うことを考えていましたが、雨季になっても初めの一か月はジャングルに水を吸われるため、なかなか増水しないので船が使えません。それに加え、雨季の大雨で道がドロドロになり、トラックが通れないという状況が発生しました。そのために物資を運ぶことがまったくできず、たくさんの犠牲者が出ました。

タイ側は、鉄道第九連隊が担当し、報酬《ほうしゅう》を出して労働者を募集しました。主にタイ人、マレー人、中国人、インド人が集まりました。タイ人の中には、報酬だけを受け取って逃げてしまう者も多くあったようです。また、徴用された捕虜はイギリス人、オーストラリア人、オランダ人の混成でした。ビルマに送られてきたのはほとんどオーストラリア人でした。当時を語る捕虜であった方々の手記も多く見つかっています。

オランダ人の捕虜は人数も少なくバラバラで、統制がとれてなく、オーストラリア人捕虜とはとても仲が悪かったとか、イギリス人捕虜の間でも対立があったのは、階級社会を背景として将校と一般の兵隊のコミュニケーションがうまくいかなかったからなど、今になってわかることも多く、隠されていた真実の姿が浮かび上がってきています。

イギリス人捕虜の将校と兵士の関係は複雑で、冷淡な将校もいれば、立派な指揮官もいました。捕虜将校は国際法により、働く義務はなく、給料も支給されていました。その一方で、一般の捕虜は労働に対する賃金があるのみでした。病気で働けない者は賃金を受けられず、売店で補助食糧を買うこともできませんでした。そこで、将校たちがお金を出し合って基金のようなものを作り、そこから病気の捕虜にお金を分配しようということになりました。これに参加し、部下たちを守った将校もいれば、参加を拒否し、自分を守った将校もいました。

ビルマ側は、鉄道第五連隊が担当しました。主にオーストラリア兵捕虜と、ビルマ国家が召集した勤労奉仕隊として常時三〇〇〇～四〇〇〇人ほどのビルマ人が携わりました。イギリス兵捕虜も若干《じゃっかん》いたようですが、圧倒的にオーストラリア人でした。その理由として、泰緬鉄道建設当時のことを研究されている橋本量則《かずのり》先生（第三章でご紹介します）は、ビルマが英国の植民地であったため、政治的、軍事的、諜報《ちょうほう》的な要素を考慮したのではないかと推測されています。英国に協力的なビルマ人もいたでしょうし、土地勘があれば逃亡の恐れもあります。ビルマ人の勤労隊に関しては、石田司令官の手記に「ビルマ人奉仕隊三〇〇〇人」と記されていますが、労働の期限を設けて、次々と交代させていたようです。連合国側の数字によると、ビルマ側で働いていた労務者は全体で約一七万八〇〇〇人という膨大《ぼうだい》な数になっています。国家事業としての現地人派遣は、イギリスの統治から解放してくれた日本に対して恩を返そうとしたためです。

オーストラリア人捕虜はキャプテンを中心に組織としての結束力もあり、仲間意識が強かったということに加え、オーストラリアの大地でたくましく生きてきた自負心があったので生存率が高く、また作業も順調に進んだようです。

それぞれの国の労働者の中で、ビルマ人が一番よく働いたという事実は、多くの手記に書かれています。鉄道第五連隊は技術力が伴ったとても優秀な部隊であったことも、ビルマ側の環境を良くした原因であると思われます。

父と一緒に建設に従事したオーストラリア兵捕虜も、キャプテンがいて部隊としての体裁が整っていたので、命令系統が確立していて物事がスムーズに運ぶことが多かったようです。

それぞれの側から始まった工事の状況は明暗を分けましたが、そもそも大本営の判断の甘さが大きな犠牲を生み出したということははっきりしています。

この作戦は、真珠湾攻撃の直前、津田沼から南方に向かう船の中で練られたものです。当初は、軍事機密である工事に捕虜を使う計画はなかったようです。建設も早く乾季のうちに始めたかったにもかかわらず、命令が出たのは実際には雨季の時期である一九四二年六月七日でした。

泰緬鉄道の鉄路。

大本営の決断がないままの準備期間という曖昧《あいまい》さで、道路を作る時間も、物資を貯めておく時間もありません。食糧の調達も後回しにして兵隊を投入してしまいました。大本営が最初から本気でやろうという気がなかったことで、準備不足のままの工事突入でした。

ガダルカナルの敗戦で、制海権、制空権がなくなったタイミングでしたが、まだ、命令を出す大本営側も半信半疑のような命令でした。

大本営が焦《あせ》ってきたのは一九四三年二月、三月あたりからです。そのとき発令されたのが、工期短縮命令でした。それでなくてもぎりぎりのところで頑張っていたにもかかわらず、スピード期間と呼ばれたその時期に無理に無理を重ねて犠牲を大きくしました。

大本営の犯した大きな過ちのひとつは、野戦病院を建設せず衛生班をほとんど送っていなかったことでした。通常一個師団（一万五〇〇〇人～二万人）に二つは必要とされている野戦病院が、泰緬鉄道従事者一〇万人に対して一～二つしかなかったのです。医薬品は内地から運んでも船が沈んでしまって届きませんでした。

スピード期間が始まる前は、捕虜の手記には楽しくやっているという記載が見られました。始まったばかりのときは、イギリス兵たちもこの世紀の工事に関わることを喜び、積極的に工事に携わっていた様子もありました。また、日本人と違った食習慣の捕虜たちに対して、特別食としての生肉の配給もあったようです。捕虜を大切にしたいという気持ちが当初はあふれていました。

突然の工期短縮は、難工事で疲労困憊《こんぱい》していた工事従事者にとって、まったく余裕もなくなり、崖っぷちに立たされた感があったに違いありません。当初の建設予算は七〇〇万円。それに対し結局完成までに一億円以上かかってしまったことをみても、まったく計画性のないものであったことがわかります。

自然条件も味方してくれませんでした。雨季の到来が例年より一か月も早く、豪雨が襲いかかって道路が荒廃したため糧道を絶たれ、コレラが蔓延し、それに加えてビルマ側からの泰緬鉄道のスタート地点であったタンピュザヤがたび重なる空襲を受け、供給が思うに任せず、食糧がなくなった上に消毒薬さえ使い果たし、絶対絶命の窮地に追い込まれたことも、犠牲者の数を増やした大きな要因になったと思われます。

そんな中でも鉄道兵たちは誇りを持ち続け、作業は続きました。一九四三年一〇月一七日の午後、ついにタイ側から作業を始めた鉄道第九連隊と、ビルマ側からの鉄道第五連隊がレールを接続し、開通の運びになります。同年一〇月二五日には開通式が行われましたが、作業に関わったほぼ全員が次の戦地に向かわされ、父も同様でほとんどの人が開通の喜びを味わうこともなかったようです。

泰緬鉄道完成までの犠牲者の多くは戦死ではなく、栄養失調と病気（熱帯性潰瘍《かいよう》、腸チフス、コレラ、マラリア、デング熱など）によるものだということを、私たちは知っておく必要があります。また、捕虜の死因の多くに、連合軍空爆の被爆死もあった事実はあまり知られていないことでしょう。

今なお捕虜時代の呪縛《じゅばく》から逃れられない人は多く、七〇年経っても日本人を憎んでいる人は存在します。戦争さえ起こらなければ人生は違うものになっていたはずです。泰緬鉄道建設に従事した一〇万人にはそれぞれの人生があり、ドラマがありました。すべての人の人生が戦争によって歪《ゆが》められたのです。ひとりの人間の人生を変え、その周りの人の人生も狂わせるのが戦争です。

二〇一五年六月に九四歳の父は、泰緬鉄道建設に従事していた元イギリス人捕虜の方のご招待でロンドンに行くことになります。

本当に不思議なご縁で、その元捕虜であったハーロルド・アチャリーさんと会うことができました。

七〇年の時を経て、お互い敵同士だった二人が会えた経過を考えると、見えない大きな力が働いたとしか考えられないのです。その出会いの場面は、歴史的に見てもたいへん意義深いものでした。

アチャリーさんは、タイ側からの工事に携わり、父はビルマ側からだったので、直接戦争中に会ったことはありませんでしたが、立場は違えど同じ泰緬鉄道を作り上げた者として、また、その後の七〇年を生きてきた者同士としても、縁《えにし》に導かれた必然的な「再会」だったと言えるでしょう。これについては後述します。

モーニン駅長時代（一九四四年一月〜九月）

「泰緬鉄道建設を終え、その連結式の様子も知らされないまま部隊はビルマ国内を北上しました。一九四四年一月、着任命令が出たのはビルマ北部カチン州のモーニン駅の駅長の仕事でした。このころ日本は、インパール作戦へと突き進みます。

モーニン駅は日本軍がインド侵攻を目指したインパール作戦の出発点の一つでした。連日三〇〇名ほどの兵士が鉄道で運ばれてきました。

敵の攻撃を避けるため、軍事物資の鉄道輸送は夜が原則です。鉄道は単線なので列車同士が正面衝突しないように、もう一方の列車は待機させておく必要があります。馬や大砲、食糧などが続々と駅に届きました。荷の積み下ろしは、それはもう大変でした。何しろ重い物ばかりなので、兵隊が総出で降ろすのですが、時間ばかりかかってしょうがなかったそうです。

そして、道なき道を通り、兵士は前線に向かっていきました。インパール作戦で日本は大敗しました。やせ細り、軍服はボロボロの状態で幽鬼のような傷病兵が次々に退却して駅に帰ってきました。『水を飲ませてほしい』と嘆願する兵士に沸かした水を与えましたが、多くは数日で死亡しました。

遺骨の代わりに小指を切り取り、遺体は穴を掘って埋葬《まいそう》しました。遺体の数は一日数十体に上ることもあり、埋葬が追いつかなくなりました。駅までたどり着けず、力尽きる兵士もいました。生きて駅にたどり着いた兵士は、『途中で仲間を放ってきた』と言いました。駅へ続く退路には数多くの白骨や遺体が横たわっていたと聞きました。

敵の空襲は激しさを増していきました。爆弾の威力はすさまじく、地上に幅約一〇メートルの穴が開きました。出刃包丁の歯のようなものが爆発とともに飛び散り、人馬殺傷弾とも呼ばれていました。逃げ遅れた現地の子どもの首や腕、内臓が刃で切れる光景が今でも目に焼き付いています」

と手記に書き残しているように、モーニン駅の駅長であった父は、戦局がいよいよ誰の目にも劣勢を極める状況になっていく様子をつぶさに見ることになりました。

インパール作戦は計画性のない短期決戦の作戦であったようです。指揮者には勝算があったのかもしれませんが、兵隊を駒のように動かすことのみが優先され、生身の人間がそこで味わう苦難や食糧不足などについてはどう考えていたのでしょうか。

ましして、ビルマ上空の制空権は奪われ、インパールの地に行くためには、ビルマとインドの国境に流れるチンドウィン川という大河を渡り、それを越えた後はアラカン山脈という標高二〇〇〇メートルを優に超える山々を歩いて越えるしかありません。

一九四四年三月には、一〇万人の将兵が前線部隊に武器弾薬、食糧医薬品を届けられる目途《めど》もないまま、ビルマ・インド国境に殺到します。

食糧にするためにミャンマー人から徴発した大量の牛も、チンドウィン川で半数が溺《おぼ》れ死に、残りも山道を進むことができず無念にも放棄されました。

そんな状況の中でも日本兵は最後まで頑張りました。特にコヒマの戦いはイギリス軍を苦しめた歴史に残る激しい戦いであったようです。しかし、追い打ちをかけるように雨季になり、病気が発生し、骨と皮だけになった多くの兵隊が栄養失調や疾病《しっぺい》で亡くなりました。日本兵の退却路には多くの死体の山ができ、「白骨街道」と呼ばれました。

一〇万人の日本兵のうち無事に生還できたのは三万人でした。七万人の尊い命は敵と戦って亡くなったというより、多くの方は空腹と病に倒れ、退却時に亡くなりました。無謀な作戦の犠牲になったとしか言いようがありません。

父は退却してきたおびただしい数の日本兵を毎日どんな思いで迎えたのでしょうか。お水を要求され、それを飲ませたら死に至ることがわかっていても、「どうしても飲ませてあげたかった」と晩年よく話していました。

「モーニン駅には一〇名の日本兵が勤務に就いていましたが、あまりの忙しさに日常の雑務に手が回らなくなりました。それで、村長に頼んで、村に住む一六歳前後の少年二人と少女二人を四月に採用しました。彼らは駅の仕事に加えて、駅員である日本兵の食事や洗濯という身の周りの世話もしてくれました。

着任当初は身振り手振りで村人たちと意思疎通を図っていましたが、『それではいかん』と一念発起してビルマ語（現ミャンマー語）を学びたくなりました。そこで、この少年たちにビルマ語を教えてもらい、代わりに日本語を教えました。そして二か月ほどで現地人と会話できるほどになりました。

戦後のミャンマーへの慰霊の旅において、ほとんどミャンマー語で通じるくらいの語学力を獲得したのも、このわずか数か月のことでした。駅に勤務していた二人の少女たちには自分の村に連れて行ってもらい、危ないところを何度も助けてもらいました。命の恩人と思っています」（父の手記より）

一九四四年六月になると、駅付近への爆撃は激しさを増します。日本軍の補給路を断ち切りたいイギリス軍は、鉄道を空襲の的にしました。

身の危険を感じた父たちは、現地の人に協力してもらって、駅から五〇メートルほど離れたところに二〇人ほどが避難できる防空壕を掘りました。村人ももちろん避難できるものでした。空襲は激しさを増して連日のように続き、敵機の空襲があれば一目散《いちもくさん》に防空壕に駆け込む日が続きました。

「危険な駅勤務が続く中、駅の売り子をしていた少女が、『私たちの家は離れていて安全だから、私の家に来てください』と言って、駅から歩いて二〇分ほど離れた部落へ兵隊たちを案内してくれました。

その部落には、一五～二〇軒ほどの家があり、竹でできた高床式住居でした。屋根はニッパ椰子やバナナの葉で葺《ふ》いた建物でした。村人たちは、バナナやみかん、パイナップルなどを栽培して生活していました。夜に列車が到着すると、兵士たちに果物を売ったりしていました。

一〇人の駅員は、各家に分散して、日が暮れるまで避難させてもらい、昼食までご馳走になりました。空が明るくなるとその村に避難し、日が暮れると駅に戻って夜間の輸送勤務に就くという生活が続きました。

あるときなどは、弾薬を積んでいた貨車に敵弾が命中して、ものすごい爆発を起こしたけれど、危機一髪で逃れたこともあり、まさに死と背中合わせの日々でした。あの時期に二人の少女たちが助けてくれなければ命を落としていたと思います」（父の手記より）

そんな日々の中でも、父はビルマ語を習い、少女たちの家族とも交流することができました。父はミャンマーへの慰霊の旅に出ると、現地の小学校や寺院に寄付を欠かしません。戦争中に受けたミャンマーの人々の優しさ、命を救ってくれた恩、そして迷惑をかけたという強い思いがあったからに違いありません。

戦争が終わり、たびたび慰霊のためにモーニンを訪れ、避難先を提供してくれた少女たちを探しましたが見つかりませんでした。少女たちの名前を覚えていなかったことを、父はとても残念に思っています。

しかし、再会できた人もいます。雇用されていたミヤモンという男性です。ミヤモンさんは当時、駅で改札係をしていました。父にビルマ語を教えてくれた人です。

また、駅で働いていたテイモンさんの消息もわかりました。残念なことにすでに亡くなっていましたが、その娘さんと再会することができました。テイモンさんの娘さんは、英語の教師になっていました。結婚されていてそのお子さん二人と慰霊をともにしてくれたこともあります。ミヤモンさんの娘さんは、ご主人とともにお医者さんです。

ミヤモンさんに、当時の少女たちの消息を聞きましたが、わかりませんでした。駅ではビルマ人四人が働いていましたが、売り子、改札係とまったく違う仕事についていましたので接点があまりなく、村も離れていたようでほとんど覚えていない状態でした。

テイモンさんの娘と孫とミヤモンさん。

モーニンへ慰霊に行ったときは、必ずミヤモンさんを訪ねます。ミヤモンさんもいつも父を待ってくれていて家に招待してくれました。また、モーニン駅で慰霊のための祭壇を作るために、花や線香，ロウソク、お供えを並べ、父のあげるお経とともに祈りました。

そのミヤモンさんも二〇一六年二月に八八歳で永眠されました。ミャンマーを訪れた父は、どうしてもミヤモンさんの住むモーニンに行きたかったのですが、ここ数年は、北部の少数民族の内戦のために危険地帯になっているということで、訪れることができませんでした。二〇一五年四月、九四歳になった父は、「今年は何が何でもモーニンのミヤモンさんに会いに行きたい」と強く希望しましたが、現地の人から安全のためにもう一年待っ

ミヤモンさんとモーニン駅で慰霊。

てほしいと言われ断念しました。

結局、ミヤモンさんとは永遠の別れになってしまいました。父は、ミヤモンさんの訃報《ふほう》を聞いて涙しました。戦争という過酷な状況において、わずかながらのほっとする時間をともに過ごすことができた運命の出会いの友だったと思います。ミヤモンさんに教えてもらったビルマ語は今もまだ覚えていて、ミャンマーに行くと水を得た魚のように現地の人と話すことができます。

教えてもらった期間はほんの数か月でしたが、話せるようになったその後の父の人生はとても豊かでした。このようなわずかな期間にミャンマー語でのコミュニケーションがとれるようになったのは、まさに奇跡です。まず、通訳を介さずに自分の気持ちを直接相手に伝えたいという強い意志がありました。また、現地の言葉を話せるかどうかは、命運を分けるほど必要に迫られたことだったに違いありません。

　このように父が身をもって示した、極めて短期間のビルマ語習得の事実は、言語習得の秘密を解き明かす明快な事例ともいえるのではないでしょうか。いずれにせよ、戦後慰霊の旅に出かけるようになってからも、言葉が通じることで現地の人とすぐに親しくなり、普通では近寄り難い高僧の方々とも深い信頼関係を築くことができました。

　ひとりで買い物に行っても不自由はありませんでした。好奇心旺盛《おうせい》な父は、いつも店の人にいろいろな質問をして周囲を驚かせていました。高齢の父が現地語を話していると珍しがって大勢の人が集まってきました。「このおじいさんはいくつに見えますか？」と質問するのが好きで、たいてい「七〇歳」という年齢からスタートするのを面白がって、

「もう少し上」

「八〇歳」

「もう少し上」

「九〇歳！」

「もう少し」

「九四歳！」

「正解！」

「わぁー」

という反応を毎回楽しんでいました。


父の話すミャンマー語は、今はもう誰も使わないような昔の言葉も含まれていたようで、若い人たちがそのことで大笑いすることもたびたびでした。父の周りは常に笑いであふれていました。そんな人生に大きな影響をもたらしてくれたミヤモンさんの死は、父に深い悲しみをもたらしました。ミヤモンさんのご冥福《めいふく》を心からお祈りいたします。

第二章　ミャンマー慰霊の旅

父の慰霊の旅（一九七六年〜二〇一六年）

戦争から無事生還した人たちにとって、「亡き戦友たちの霊を弔《とむら》いたい」という思いは、復員後すぐに湧いてくるものではないようです。

復員後は、どなたもまず生計を立てることに時間とエネルギーが費やされ、やっと定年を迎えるころから亡き戦友への思いが吹き出し、「慰霊に行きたい」と思われるようです。父もまさにそうでした。

父の初めての慰霊の旅は、一九七六年（昭和五一年）二月六日から一五日までの一〇日間でした。「鉄道第五連隊慰霊団ビルマ・マレー戦跡巡拝」の一員として、日本航空

鉄道第五連隊慰霊団。

鉄道第五連隊慰霊団によるミャンマーでの慰霊。

四七一便で東京を出発しました。当時、五五歳でした。

その後父は、一九九七年（平成九年）までに、鉄道第五連隊の慰霊団として七回ミャンマーに出かけました。当初四三名だった参加者も、体力の衰えなどの理由で徐々に減り、一九九七年（平成九年）一月一七日から二月一日までのミャンマー全土への慰霊を最後に、団としての旅は以後行われなくなりました。

しかしながら父は、ひとりになっても慰霊に行きたいという思いが強く、一九九八年、七七歳になったときから毎年単身で慰霊の旅に出かけました。数年は、タイのバンコクで乗り換えて、ミャンマーのヤンゴンまでひとりで行っていました。

八一歳になった二〇〇二年からは、遠い旅路をひとりで送り出すことに不安を覚え、義理の息子である私の主人が付き添ったり、吹田ロータリークラブの方やミャンマーに行きたい方をお連れしたり、私が同行したりして、ひとりで旅立つことはありませんでした。

吹田ロータリークラブからミャンマー随行を依頼され、数回にわたり一緒にミャンマーを訪れました。そして、吹田ロータリークラブのボランティア活動にも積極的に関わっていました。そのとき父が紹介した通訳のオンマーさんとシーツーさんは、今でも吹田ロータリークラブのミャンマーでの活動に同行しています。

また、二〇一三年には、元吹田市長はじめミャンマーに関心がある方々とともに慰霊に

二〇〇八年二月、吹田ロータリークラブ一行と。

二〇一三年二月、元吹田市長一行と慰霊旅行。

出かけました。吹田市でご活躍の方ばかりでしたので、ミャンマーの話題が吹田市で語られることが多くなりました。

ミャンマーに出かける前に、戦友が亡くなった場所ごとに亡き戦友の階級と名前を筆でしたためた紙を必ず用意します。亡くなった方の名前は毎年変わらないのに、亡き戦友の名簿をめくって当時に思いを馳《は》せ、亡くなったときの状況などを口にしながら名前を書いていきます。父にとっては、日本にいるときから、もうすでに慰霊が始まっているのです。

慰霊の際には、戦死された方々の名前を書いた白い紙を台から垂らし、台の上にはロウソク、線香、お花、果物、お菓子などをお供えして、簡単な祭壇のようなものを作ります。慰霊をひとりで始めた当初は自分ですべてを揃えていたのですが、慰霊の協力をしてくれていた現地の人たちが徐々に準備を手伝ってくれるようになりました。

出発拠点であるヤンゴンを出発するときに、ロウソクと線香を用意し、慰霊する現場の近くにある花屋で花を調達し、適当な大きさの台を探してきて祭壇を作る作業は、チームワークよく短時間でできるようになりました。父が本気で慰霊をしている姿が、仏教国であるミャンマーの人たちの心に訴えかけるものがあったのではないかと思います。祭壇の前で父がお経をあげていると、たくさんの村人が集まってきます。お菓子や果物などお供えの品は必ず村の子どもたちに分けてあげました。

毎回二〇日間ほどかけて同じことを繰り返しながら、父はミャンマー全土で待っている亡き戦友の、そして戦争中に犠牲となった捕虜や現地の人たちの御霊《みたま》に会いに出かけました。

その間に、現地の小学校を訪ねては不足しているものを聞き、学用品、机などを寄付することも行いました。日本でおもちゃや学用品を持って行ける分だけ用意し、まとめると重くなるノートや鉛筆などは現地で準備しました。戦争中お世話になったモーニン市に何

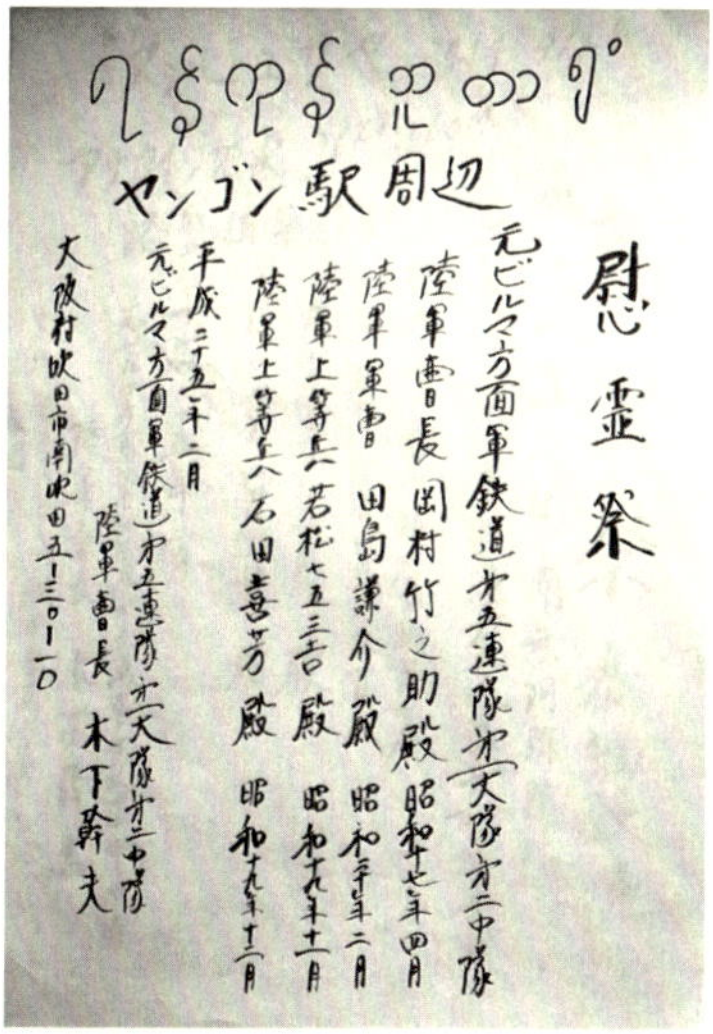
ヤンゴン駅周辺

慰霊祭

元ビルマ方面軍鉄道第五連隊第一大隊第二中隊
陸軍曹長 岡村竹之助殿 昭和十七年四月
陸軍軍曹 田島謙介殿 昭和二十年二月
陸軍上等兵 若松七五三吉殿 昭和十九年十一月
陸軍上等兵 石田喜芳殿 昭和十九年十一月

平成二十五年十二月
元ビルマ方面軍鉄道第五連隊第一大隊第二中隊
陸軍曹長 木下[illegible]夫
大阪府吹田市南吹田五－三〇－一〇

ヤンゴン駅付近での慰霊祭のための原稿。

かお礼がしたくて訪ねた学校では、たまり水を飲料水に使っていて衛生状態も悪く、毎回汲《く》みにいかなければならないような不便な状況でした。井戸を掘り、給水設備を確保できれば水道水のように蛇口から水が出るようになるという話を聞くと、すぐにそれに見合うお金を寄付しました。父は、その学校に次の年も訪問しました。給水設備が完成しているか見届けるためです。

ミャンマーではお金を渡しても、必ずしも当初の目的のために使ってくれないことも多々ありましたので、それが実現しているかどうか確認するために、必ず次の年には寄付をした小学校を訪れました。一年後行ってみると、立派な給水塔が立ち、校長先生はじめ先生方や子どもたち、村の人たちも水の恵みがもたらす生活の変化を喜んでくれていました。給水塔には父の名前が大きく書かれ、みんなが父のために集まってくれました。何年か続けてその学校を訪れたことで、校長先生の家にも招待されるほど温かい交流が続きました。

また、寺院や孤児院などにもたびたび訪れて寄付をさせてもらっていました。お寺にいる小僧さんが集まっている場で、自分は戦争中ミャンマーの人たちにとてもお世話になったとミャンマー語で話していました。普通の人は近寄れないほどの高僧のみなさんも、父の再訪を心待ちにしてくれていました。昔からの友人のように親しみを込めて手を握り満面の笑顔で迎えてくれます。父は、「今年も

小学校へ給水設備を寄付。

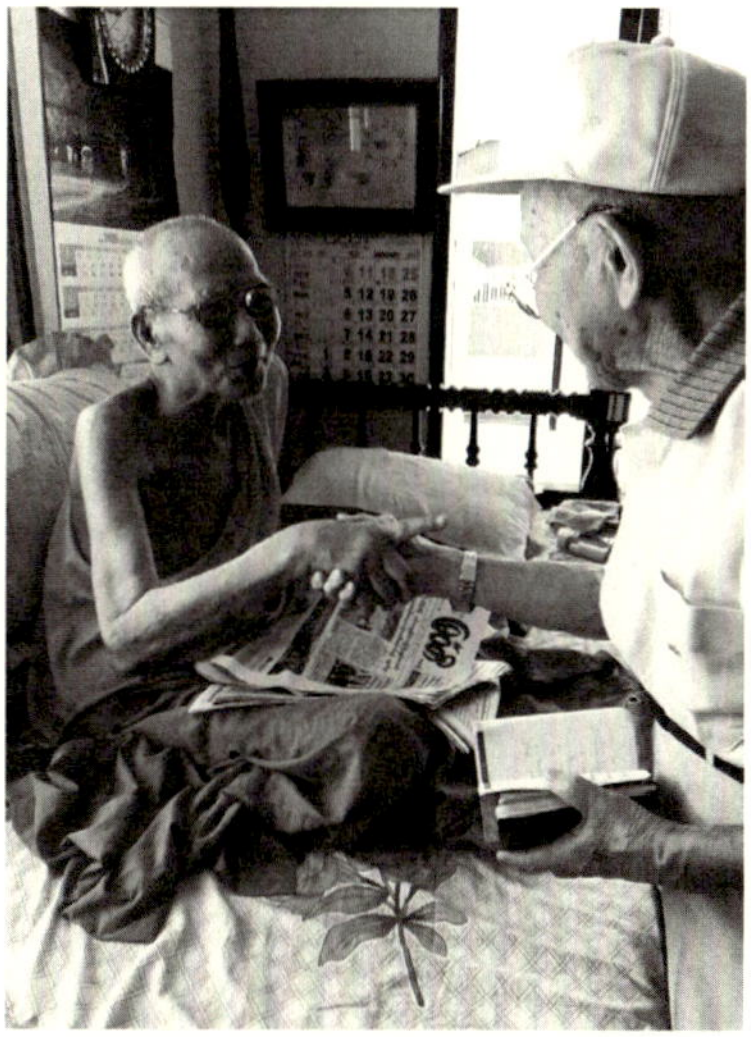

馴染みの高僧と再会。

元気にしてるかな？」と会う前から楽しそうに話します。

いつも立ち寄るお寺には、大きなザボンの木がありました。父は旅の途中で車を止めて買って食べるほどミャンマーのザボンが大好物です。あるときは、レストランの厨房《ちゅうぼう》の中まで入っていって自分の気にいったザボンの剥《む》き方を披露して、拍手喝采《かっさい》になったこともありました。

そんな父の大好物を知って、お寺で一番偉いお坊さんが父のために見事なザボンをおみやげに持たせてくれました。父がそれほどザボンを好きなのは、戦争中何もないときに食べたザボンの味が忘れられないくらい美味しいものだったからに違いありません。

また、毎年、決まった場所で慰霊をするの

で、その周辺のミャンマーの人たちが「今年もおじいさんが来た！」と言って歓迎してくれました。

地元のテレビ局が慰霊をしている父の取材に来たこともありました。ミャンマーの大きな駅であるヤンゴンの駅長も、父が必ず駅構内で慰霊をするので、「今年は少し来るのが遅いと思って心配していました」と言うくらい父との再会を喜んでくれました。駅長室に呼んで丁寧《ていねい》にもてなしてくれます。日本人墓地の管理人さんたちとも顔馴染みになり、どの人も親切に対応してくれました。

戦友が亡くなった場所はミャンマー全域におよび、しっかりした道路がない場所もあります。がたがた道を一七時間も走って、飛行

ザボンの実。

日本人墓地での慰霊。

機を使わずミャンマー北部のモーニンまで車で行った年もありました。

よくぞ高齢で何か所も僻地《へきち》に行けるものだと毎回思いますが、反対に父は慰霊に行くととても元気になって帰ってくるのです。二〇日間のミャンマー慰霊から帰った翌日に、「東京に報告に行ってくる」と出かけ、東京から帰ってきた次の日に、住んでいる地域のバスツアーで一泊二日の温泉旅行に出かけたのは、父が九三歳のときでした。

慰霊の旅に同行して祭壇を前に祈っていると、亡くなった方たちが「よく来てくれたね」と言っているような気がすることがあります。戦争を経験していない私ですらそう感じるのですから、一緒に戦ったたくさんの兵

マンダレー駅付近での慰霊。

隊さんたちが父に元気をくれているのは間違いありません。
それだけ亡くなった方の無念や郷愁の思いは強く、また、戦争中の兵隊同士の絆《きずな》の強さも感じます。

父がひとりでもミャンマーへ慰霊に行けたのは、現地で受け入れてくれる家族のような人たちがいたからです。スースーチさんという女性が中心になって、シャントンさん、トントンさん、通訳のオンマータイさん、シーツーさん、そして、スースーチさんが経営している会社のスタッフのみなさんが、父をサポートし続けてくれました。

泰緬鉄道博物館オープニングセレモニー
(二〇一六年一月四日)

ミャンマー国モン州より泰緬鉄道博物館への招待状が届いたのは、暮れも押し迫った二〇一五年一二月のことでした。てっきり二〇一六年三月が博物館の完成予定と思っていたので、あまりにも早いオープニングセレモニーへのご招待に、取るものも取りあえず年の初めの一月二日に慌ただしく出発することとなりました。

タンピュザヤの地に泰緬鉄道博物館が建設されることを知ったのは、二〇一五年の四月に行ったミャンマー慰霊の旅のときでした。九五歳になる父は、それまでに四〇年間、回数にして二七回のミャンマーへの慰霊を重ね

荒れ果てた戦争記念会館跡地にて。

ていました。

二〇一五年は、父が戦争時に駅長をしていた、ミャンマー北部にあるモーニンという駅に慰霊に行きたかったのですが、少数民族が内戦状態で危険という話で、ヤンゴンの南に位置するタンピュザヤ方面への慰霊に切り替えました。

タンピュザヤは泰緬鉄道のミャンマー側からの起点です。父は、この地から泰緬鉄道を敷設していきました。以前、そこには戦争記念会館が作られていましたが、朽ち果てた数体の像の残骸のみがかつての位置を教えてくれるような場所になっていました。

四月の慰霊に訪れたとき、「ここにまた記念会館を建てて欲しい」と話していたところ、泰緬鉄道博物館を作るための作業をしていたモン州の測量技師の方々と偶然出会うことができたのです。そこには、数々の奇跡がありました。タンピュザヤの地に慰霊に行く日が一日でも違ったら会えなかったですし、足場が悪いと言って父がみんなとは別の道を通ったので、測量技師たちに会えたのです。導かれたような出来事でした。

そこで会ったモン州の関係者が、「泰緬鉄道の生き証人が現れた！」と遠目から飛び上がる姿が見えるほど大騒ぎになりました。何事が起こったのかと駆けつけてみると一緒にいた通訳のオンマーさんも興奮していて、父がサインをしたり、写真撮影をしたり引っ張りだこになっていました。

測量のみなさんと偶然の出会い。

そのとき、「泰緬鉄道博物館が完成した暁《あかつき》にはぜひ来てほしい」というお話がありました。こういう経緯で盛大な式典にご招待いただくことになったのです。

父には「ぜひ行きたい」という強い意志がありましたので、主人と私が同行して行くことになりました。ヤンゴンから車で往復一六時間の長旅は、父よりも若い私たちでもぐったりするほど過酷なものでした。

高速道路はありますが、内臓が上下するくらいのガタゴト道も多くありました。このときばかりはあまりのハードスケジュールに、いつもは頑健な父も、車の座席をベッド状態にして横になっての移動となりました。

泰緬鉄道博物館のオープニングセレモニー

は、一月四日に執《と》り行われました。その日はミャンマーの独立記念日なので、突貫工事をしてでもこの日に完成式をしたいという強い思いがあったようです。

また、次の選挙の結果として確実視される政権交代の時期も考慮して、その前に今の政権で実施したいのだという話も聞きました。


どんなセレモニーになるのか見当もつかないままま、私たちは日本を出てきてしまったのです。誰に何を持って行けばいいのかもわかりませんでしたし、事前の準備もよくわからないままに。

しかし、とにかくお祝いの気持ちだけは表したいので、父も主人もスーツにネクタイ、そして私も暑い国なので絽《ろ》の着物を持って

測量のみなさんと記念撮影。

泰緬鉄道博物館オープニングセレモニー。

ミャンマー入りしました。
ヤンゴン在住のいつも滞在中お世話をしてくれるスースーさんが、お祝いのお花を用意してくれていました。その花は、造花の大きなオブジェのような立派なものでした。
日本では、生のお花をアレンジしたものをお祝いに使いますが、ミャンマーは暑い国なので、いつまでも枯れないように造花を使うそうです。博物館の正面に飾ってありましたので、数年間は父の名前とその家族という札とともに見ることができると思います。

タンピュザヤ近くのいつも泊まるモルミャンのホテルで前泊して、四日の朝いざ出発。オープニングセレモニーに行ったのは、ヤンゴンからの運転手さん、父をサポートしてくれるトントンさん、通訳のオンマーさん、そして日本からは父と主人と私の三人。途中で博物館に向かう大臣の車の列と一緒になりました。私たちはその車列の後ろについていくことができたので、沿道で敬礼をしてもらったり、すべての車が停まってくれたりと、とてもいい思いをさせてもらいました。

会場に到着するとびっくりするくらいの人だかりです。地域の人も多く、一〇〇〇〜一五〇〇人くらいは集まっていました。大きな舞台が作ってあり、民族音楽を演奏する人たちや踊りを踊る人がいて、華やかで大賑わいでした。

私たちはそこでとても丁重にもてなしていただき、なんとモン州の大臣と同じ席が用意されていました。舞台での踊りや歌が終わると大臣のスピーチがあり、そして父のスピーチとなりました。

その後、舞台の上で大臣におみやげを渡すことになり、寄付も同時に渡しました。博物館を建設した会社の社長さんの話があり、数名の方が舞台に上がって式典は終わりました。

結局、大臣のスピーチと父のスピーチが大きな柱だったように思います。何も聞かされていなかったのですが、モルミャンに到着したとき、ひょっとして正式なスピーチが必要なのではないかという思いが頭に浮かびました。それから慌てて準備して、スピーチが用

モン州の大臣におみやげを渡す。

意できたのは前日の夜遅くでした。

　父は、たくさんの人の前でスピーチの始めの挨拶の言葉をミャンマー語で伝えることができました。やはり現地の言葉を使うと、みなさん喜んでくれて笑いが起こりました。大臣のスピーチは当然ミャンマー語だったので、通訳のオンマーさんに横で同時通訳してもらいましたが、喧騒《けんそう》の中でよく聞き取れないことも多く残念でした。

　それでも、「泰緬鉄道を建設するときに多くのミャンマーの人々が亡くなった。いつまでもそのことを忘れないようにこの博物館を作った。また、日本から戦争中泰緬鉄道を作った木下幹夫さんが来てくれたことがとても嬉しい、これからもミャンマーと日本の友好関係がより深く続いて欲しい」

と言われたことは、何とか聞き取ることができました。

このときの父のスピーチは、原稿（日本語）がありますので次に紹介します。

父のスピーチ

私はただいまご紹介いただきました、七十数年前の戦時下に泰緬鉄道敷設に従事した木下幹夫でございます。泰緬鉄道博物館オープンおめでとうございます。

このたびは泰緬鉄道博物館のオープニングセレモニーに娘夫婦ともどもお招きいただき、まことにありがとうございます。

かねてから私も泰緬鉄道の記念博物館建設を強く希望しておりまして、今回はその実現にあたり大変嬉しく、感謝申し上げる次第でございます。

泰緬鉄道敷設については、私の部隊ではオーストラリア兵とミャンマーの人たちとの協力で、タンピュザヤから作業を進めましたが、大変困難を極め、多くの犠牲を払いました。その困難と苦労の数々は語り尽くせないものがあります。

そして私はともに泰緬鉄道の敷設に苦労し亡くなっていったミャンマーの人たちと、戦友とその他多くの皆さんに対して、四〇年前から今年で二七回にわたるミャンマー各地での慰霊の旅を続けてきました。

その間、お世話になったミャンマーの人たちへの感謝の気持ちとして、小学校への学用品や、学校の給水設備や机など、また寺院や孤児院への寄付もさせていただいてきました。

そしてそれらを通じて、たくさんのミャンマーの人たちと知り合い、友だちになれたことを感謝いたします。

戦争中大変お世話になったミャンマーの人々とこれからも末長く日本との友好関係が続き、双方の国のますますの発展をお祈りし、重ねて多くの犠牲をはらう戦争のない平和な世界が来ることを祈っております。

スピーチをする父。

本日はお招きいただきまことにありがとうございます。

セレモニーの後で

そのセレモニーが終わると、五角形の形をした博物館の中を、大臣や重要人物と思われる方々と一緒に見学しました。玄関を入るとすぐに3Dの絵が描かれ、そこで写真を撮ると絵が立体的に写るコーナーがありました。泰緬鉄道の線路の上を、機関車がトンネルから出て走ってくるような絵でした。

その他は、壁に写真が飾ってありましたが、まだまだ資料が整っていないことがわかりました。二階にも写真の展示がしてありましたが、これからという印象でした。その見学が

博物館内部。

特別列車の車中にて、大臣と向かい合う。

終わると、特別列車に乗って欲しいということでした。戦争中に作られた泰緬鉄道の線路の横に新しい線路を作って、当時の姿をした機関車を走らせるようになっていました。

車中では、大臣と向かい合って父が座りました。戦争中に自分たちが作った線路を、こうして大臣と一緒に列車の窓から見ることができた父の心の中はいかばかりかと思いました。戦争中に誰がこんな光景を想像できたでしょうか。

その特別列車には、一緒に線路を作ったミャンマー人の方も乗っておられたのです。父とも言葉を交わしましたが、平和の有難さがこみあげてきました。そして、父が生きている間にこの機会が訪れたことに感謝の思いが湧いてきました。

その間の慌ただしい動きで父はかなり疲労していました。その上、多くのメディアの記者に囲まれて取材攻勢にあいました。何とかオンマーさんの機転で話をうまく引き出してもらうことができましたが、その後、テレビ局のインタビューもあって父の疲労はピークに達し、少し博物館の中で横にならせてもらいました。

翌日の新聞は各社とも父のことがたくさん掲載されていました。ミャンマーで放送された泰緬鉄道博物館オープニングセレモニーの様子を伝えるテレビは、父のことを中心に報道していました。父は、一夜にして有名人になって、市場でも、有名なパゴダ（寺院）でも「昨日、テレビで見たよ」と何人もの人に声をかけられました。


特に嬉しかったことがあります。二〇一五年の四月に、まだ何も建設されていない同じ場所で会った現地の六人の子どもたちにまた会いたいと思って、そのとき撮った写真を持って行ったのです。

子どもたちの笑顔がとても純粋で可愛くて、ぜひ、もう一度会いたいと思ったのです。六枚の写真に私の名刺を入れていつでも渡せるように会場でもバッグに入れて持ち歩いていました。ちょうど現地の人が座って見ている場所があって、何となくそこにいるような気がして写真を持って行きました。

「この子たち知りませんか?」と尋ねてみたら、たくさんの人が集まってきてくれた中で、ひとりの男の子がその子たちを知っているとのこと。そこで写真を六枚ともその子に渡しました。

その後セレモニーが一段落したとき、ひとりのおばあさんがその写真を持ってきて、自分の孫であると言ってその写真の中のひとりを連れて来てくれました。見覚えのある顔は笑っていて本当にかわいい五歳くらいの女の子でした。お互いに笑って手を握ることができました。

その子以外には直接会えませんでしたが、きっとみんなの手元に写真が届いたことでしょう。名刺を入れたのは、将来日本に来る

タンピュザヤの子どもたちの笑顔。

ことがあったら再会できるかもしれないと思ったことと、小さいときにこんなことがあったというきっかけで日本に興味を持ってくれたら嬉しいなという気持ちからです。この子たちとの縁も大事にしていければと願っています。

悲しい出来事

怒涛《どとう》のごとくセレモニーは終わりました。大臣は、「木下幹夫さんがこうして遠い日本から来てくれて、この式典ができたことは私の人生の中でも一番嬉しいことである」とまで言ってくださいました。

タラモンという、事前にメールのやり取りをしていた博物館を建設した会社の方々も、私たちを心から歓迎してくれました。式典は、地域の住民も一緒にタンピュザヤの今後の発展と平和を願う気持ちにあふれていました。この地域は特に内戦が続いていた場所で、それだけに平和への願いが強いということでもありました。

しかし、ここに一つ大問題があったのです。博物館入口までのアプローチは泰緬鉄道の線路になっていました。その線路を作る作業風景を五体の像で表していたのですが、その像のうち三体は現地のミャンマー人で、後の二体は日本兵でした。

そしてその日本兵が、ひとりは空に向けた角度で銃を持って作業を見張っている姿、もうひとりは、険しい顔をしてミャンマー人に指図している姿だったのです。どうみても三人のミャンマー人が日本兵に強制的に働かされているという感じなのです。

その像を見たとき、私は日本人として心が痛みました。日本とミャンマーの友好を謳《うた》っている博物館に、この像はふさわしくないと心から思いました。

その像は、かつての記念会館の前に設置されていた像を、あまり考えることなくそのまま再現したようなのです。そのことが心に引っかかって、主人も私も途方に暮れました。

博物館前に建てられた問題の像。

父も、作業手順の指導はしたけれど、あのような状態での作業風景はなかったと言います。父はその像を見て、私たち以上に心を痛めているようでした。私たちも何とか撤去してほしいと考えました。

タンピュザヤからヤンゴンに帰ってから、その博物館を建設したタラモンのジェネラルマネージャーに会う機会がありました。私たちはこの機会に、あの像のことを伝えたいと思いました。しかし、その方は博物館にまったく資料がないので、父の軍服や戦争当時の資料を欲しいとのこと。その話は承諾しましたが、早急に像に関して撤去の話を進めたく、ミャンマーにいる間に何とかしたいという私たちの気持ちを伝えました。

戦争中の泰緬鉄道建設において、あの像のようなことが実際にあったかもしれないけれど、父のようにあの像とは無縁の作業を行った日本人が少なからずいたのも事実であり、今後泰緬鉄道博物館が日緬友好を謳うならば、あれを前面に出さなくてもいいのではないか。また、あの像をミャンマーの子どもたちが見たとき、日本兵のイメージが視覚的に固定観念として定着してしまうことは避けたい等々できる限りの言葉を尽くして、通訳を介して訴えました。

それに対してその方は、決して日本人に対して嫌な感情を持って作ったわけではない。

戦争はあのように武器を持つことで人を変えてしまう恐ろしいものであるから、絶対に戦争をしてはいけないということを後世に伝えるために作ったということでした。何度も「ミャンマー人は気にしていないから大丈夫」とも言われました。国民性の違いもあるのでしょうか、なかなかこちらの気持ちが伝わりません。とにかく、その会社の最高責任者にこの話を伝えるということでその日は別れました。

翌日は、像のことを知らせるためにアポイントを取っていた日本大使館を訪れました。毎年、父は慰霊の報告とミャンマーの現状を聞くために日本大使館を訪れていましたが、今回はぜひにでも会って話しておかなければいけないという強い使命感を持っての訪問でした。

対応してくれたのは、慰霊関係の一等書記官の方で、とても真剣に話を聞いてくださいました。ことの重大性も伝えることができました。詳細を伝えることができ、とにかくやれることはやったという感じで大使館を後にしました。

ミャンマー最後の日、タラモンの会社に招待されました。父の戦争時代の資料の件と、父の実際の話を聞きたいとのことでした。しかし、そこでも、やはりあの像のことを伝えなくてはなりません。同じ話をもう一度しました。

最高責任者は目がとても優しい方で、話もよく聞いてくれました。私たちもミャンマー側の話に耳を傾けました。

「博物館を作るにあたっては、たくさんの資料を読んだ。書いた人の考えが入っていて偏《かたよ》ったものも多かった。だからできるだけ公正な立場で書かれているものを参考にした。お父さんのグループのようにいいグループもあれば、悪いグループも存在した。それは事実である。以前の記念会館にはもっと日本を中傷するものがたくさんあったが、それらはすべて撤去した。あの像は、戦争をしてはいけないというメッセージである。日本人としての気持ちは理解できるが、一企業として撤去などの判断はできない。大臣が判断したことなのでそれを動かすことはできない」

ということでした。日本人が嫌いだからあの像を建てたのではないということは、何度も言われました。言葉に誠意がありましたし、タラモンという会社のみなさんが私たちの訪問を歓迎してくれている雰囲気はよく伝わってきました。後でわかったことですが、タラモンの最高責任者のお父さんがモン族を代表して現在ミャンマー国の大臣に就任されています。

このように私たちは、現地でやるべきことはすべてやったという思いで、その日の夜の便でヤンゴンを発ちました。

憎しみを後世に残さないために

話は前後しますが、ミャンマー最後の日、日本大使館から連絡がありました。「日本大使館としては、検討を重ねた結果、やはりその当時泰緬鉄道を作っていた木下幹夫氏本人がモン州の大臣に直接訴えるのが一番いいのではないかという判断をした」とのこと。その日はモン州の大臣がネピドーに出張中であることや帰りの飛行機の時間が迫っていたこともあり、電話での訴えは実現しませんでした。

その後、私たちが日本に帰ってからも、大使館では検討を重ねてくださった様子で、父の手紙をモン州の大臣に届けることになりました。それには大使館も全面的に協力してくれるということでもあり、その準備に入ることにしました。

像として形になってしまった物に対しては、史実がどうであれ、多くの人がそれを見たら「ミャンマー人と日本兵の関係はこんな風だった」という認識になってしまうでしょう。いくら言葉を尽くしても覆《くつがえ》すことができないほどの強い力を持ってしまいます。

ミャンマーの人々は日本に対して嫌悪感はなく、むしろ経済発展のためにミャンマーにとても貢献してくれている国であることをどこに行っても言われます。

このことに関しては、強い危機感を持っていた当時の言葉でお伝えしたほうがいいと思いますので、私の手記から引用します。

＊　＊　＊　＊　＊

多くの人の目に触れていない今の時期に、何とかあの像が撤去され、本当の意味で平和な未来をともに創ろうと両国の若者が思えるような新しい像の建設を切に希望します。この件に関しては私たちともどもも心を痛めてくれている人も多く、これからどういう経過をたどるかわかりませんが、長い時間がかかろうともあの像が撤去される日まであきらめることなく、両国の友好の為にこの件に関わっていく決意を主人とともにしました。

これは日本人全体の問題かもしれません。インターネット上にアップされていた今回の像の写真を見て、すでに「やはり野蛮な日本人」のような書き込みを確認しました。

今、憎しみを助長するようなことをする必要はまったくないと思います。私たちは過去の戦争の犠牲の大きさを知ることで、決して戦争から未来を豊かにするものは生まれないということを心に落とさなければいけません。

また、いくら酷《ひど》いことであっても、事実は認めなければならないと思います。しかし、その酷い部分だけを形にして、多くの人が見るようにしてしまうと、すべてがそうであったかのように誤解されてしまうでしょう。そのようなことをしていない者にとっては、それはとても悲しいことです。

確かに泰緬鉄道は多くの犠牲者を出しました。その犠牲を無駄にしないことが、後に続く者の務めです。そして、泰緬鉄道はミャンマーにとっても大きな遺産であり、今後泰緬鉄道がタイまで整備され再運行されることは、ミャンマーの経済発展に大いに寄与するはずです。

戦争中劣悪な環境の中で、ただただ完成を目指して作業を続けた日本兵、現地の特にモン州のミャンマー人、イギリス人捕虜、オーストラリア人捕虜、インド人捕虜、その他協力された多くの方々に思いを馳せ、ミャンマーからタイに向かう泰緬鉄道の列車に乗ることができたら、それは父にとっては夢のような出来事になると思います。

（泰緬鉄道博物館オープニングセレモニーに招待されたときの手記より）

第三章　慰霊で広がる人の輪

本章では父が慰霊活動を通じて知り合った人たちのごく一部をご紹介させていただきます。いずれも素晴らしい方々ですが、父がもしミャンマーへの慰霊を行っていなければ、生涯会うことのなかった人たちです。また、父の持っていたミャンマーでの戦争に関する数冊の本の中に、どうしても書き残しておかなければならないと思う方々がいました。もしかすると、亡き戦友のみなさまが結んでくださったご縁なのかもしれません。

今里淑郎さん

高野《こうや》山《さん》成《じょう》福院《ふくいん》で執り行われるビルマ戦没者の法要で知り合った今里《いまざと》淑郎《しゅくろう》さんは、現在（二〇一七年）九五歳です。私たち夫婦とも親交があり、ずっと交流が続いています。今里さんは、戦争中の悲しく辛い思いを胸に秘め、亡き戦友とともに生きてこられた方です。戦争末期、ビルマ中部のメイクテーラの会戦に従軍した元陸軍少尉の今里さんの体験は、風化させることなく後世に伝えたいと思えるほどの重みがあります。

現在は、戦後立ち上げた医療器具の会社を、その探究心と不屈の精神で発展させて、数々の開発製品に対して素晴らしい評価を受け、今なお現役会長として活躍されています。

今里さんは二一歳で召集され、歩兵第一六八連隊に入営しました。一九四四年六月、ビ

今里淑郎さん（右）の上座僧の姿。

ルマ戦線に投入され、今里さんら約四〇〇人が参加した一九四五年二月のメイクテーラ会戦では、英印軍（イギリス・インド軍）の奇襲攻撃を受け、部隊の約九割が戦死します。

この戦いでの犠牲者の多さにも驚きますが、ビルマ戦線全体で亡くなった将兵は、なんと計一七万にものぼるそうです。

「生き残った私たちが何かをしなければ」と、今里さんは現地への戦没者慰霊団に同行を重ねる一方、全国戦友会の寄付を得て、ともに戦った元将校らとヤンゴン市内に日本人墓地霊園を開設されました。そのとき、映画「ビルマの竪琴《たてごと》」の水島上等兵にならい、自分もビルマの僧侶になって仲間たちを供養しようと誓われました。

「一九四四年の秋、中国との国境に近いバーモ付近にいました。そこは餓えや病気、怪我で苦しむ敗残兵があふれ、『殺してくれ』と下半身にしがみついてきました」(今里さんの手記より。以下同)

「そのころは補給がないので、上から『手榴弾《しゅりゅうだん》は個人に渡すと自決に使われるから、渡さないように』という指令が出ていました。敵に捕まって辱《はずかし》めを受ける前に自決したいという一縷《いちる》の望みさえ断ち切られるくらい、武器弾薬はなくなっていました」

手榴弾はすべて敵に投げる貴重品でしたから、自決用には使えません。生き延びる望みも断ち切られた兵隊たちは、自分の命を絶つための最後の手段を失い、「殺してくれ」とすがりついてくるのでした。

「すがりつかれても、水筒の水を飲ませるのが精一杯でした。木の陰で歳のいっている召集兵が写真を持って見ているので、『どないや』と肩をたたいたらドスンと倒れる。首筋に蛆虫《うじむし》がわいて、見ていたのは幼い子どもの写真。写真をその人の胸ポケットにしまって、木にもたれさせて、そのまま置いておくほかなかったです」

「そのころになると中国軍が、今まで服がばらばらで番傘を持っていたのに、服装から装備、戦闘様式まで完全なアメリカ式になっていて、日本軍より優秀な機関銃を持って攻めてきました。なるほどこれはやられるはずやと思いました」

一九四四年一二月一五日の朝、守備隊は一斉射撃を受けながらも敵中突破を敢行し、作戦は成功したものの、一連の戦いで約一二〇〇名いた守備隊のうち約一八〇名が戦死し、多大な犠牲を払いました。そのころ、たくさんの亡くなる寸前の兵隊に接するうちに、今里さんはあることに気がつきます。

「やっぱり人間の一番最後はね、褒《ほ》めてあげないと死ねないのです。部下が弾に当たって苦しんでいるときは、抱き起こして『お前はよくやった』と功績を褒めてあげると、すぐに死ぬことができました」

戦争も終わりを告げようとしていた一九四五年二月、歩兵一六八連隊の無線分隊長だった今里さんは、ビルマ北部から中部の町メイミョーまで撤退してきました。メイクテーラへ連合軍の戦車が進撃中ということで急いで駆けつけたのですが、予想をはるかに超える数の戦車に取り囲まれました。

助けを求めた伝令が帰ってこないので、部下を連れて敵中突破し、一〇キロ離れた別部隊に応援を頼んだところ、断られてしまいます。そのとき、夜明けとともに連合軍の一斉攻撃が始まり、敵に包囲されていた自分の所属する四〇〇名の部隊が壊滅するのを見ることになりました。この戦闘を含めた一連の「メイクテーラ会戦」で、日本軍は惨敗《ざんぱい》しました。

たくさんの戦友が目の前からどんどん消えていきます。復員が決まったとき、船に乗る直前になって、服に縫《ぬ》い付けていた亡き戦友の小指を捨てていかないと帰れないと言い渡されます。自分が英語ができないばかりに反論もかなわず、泣く泣く戦友の小指を海に投げました。結局身体検査もなく乗船したのですが、このことに対する今里さんの後悔は、一生続くことになります。

復員後、帰った家ではご両親はすでに亡くなり、お兄さんもフィリピンで戦死されていました。すぐに結婚して、長女が生まれたとき、へその緒からばい菌が入り、わずか一か月で亡くなってしまいます。

「自分の宝物が五分ごとに顔をしかめるのに、どうすることもできない。そしたら、娘の顔の横にビルマの戦友の顔が重なったんです。娘が命を捧げて戦友の慰霊をしてくれと忠告してくれたのだと。それで初めてちゃんと慰霊をせなあかんと思ったんですよ」

そこから今里さんの戦友への慰霊の旅が始まります。

一九七八年二月、多くの仲間が命を落とした中部の都市、メイクテーラを訪ねたとき、「幻やと思うけど、私がお経を読みあげたらね、ザーッと戦友たちが目の前に出てきたんです。ほんまに感激しました。彼らがいかにわれわれを待ち焦《こ》がれていたかということをますます思いましたね。それからビルマで慰霊を続ける気になったんですわ」と今里さんは言っています。

たくさんの命が散ったにもかかわらず、ミャンマーではほとんど遺骨収集が行われていません。遺骨が日本の地に帰りたいと待っているはずです。私たちは、純粋に日本の豊かな未来を夢見て散っていった多くの命を忘れてはいけないのです。

私たち日本人がそのことを忘れてしまったら、その方たちが命を賭けてやってきたことがすべて何もなかったことになってしまいます。それでは無念で魂はその地を離れることもできません。今の平和の礎《いしずえ》になって死んでいった人々のことを今一度思い出し、決して忘れることがないように、後世に伝えていくことが今を生きる私たちの務めなのかもしれません。そのため、今里さんはミャンマーで僧籍《そうせき》を取得するという大きな目標を立てられました。

日本人がミャンマーで僧籍を取得するのは大変なことで、今里さんにしかそのような偉業を果たせなかったと思います。

今里さんは二〇〇〇年のビルマ日本人墓地完成式典で、次の目標を「ビルマ(ミャンマー)僧籍取得」とされました。取得の方法を調べてみると大変なことで、一時はあきらめていたにもかかわらず、座禅、瞑想の所作を学び、五年がかりで挑戦の基礎を固めました。私たちと共通の友人であるヤンゴン在住のスースーチさんが、ミャンマーでの準備を入念にしてくれました。

そしてついに、ミャンマー最大の組織を有する権威あるイエタ寺院で、今里さんは「上《じょう》座《ざ》僧《そう》」の認定書を受領されました。そのお寺は、スースーチさんのお母さんが得《とく》度《ど》した寺院でもあり、スースーチさんが得度式「上座僧認定」の身元保証人を引き受けるとともに、一〇〇人分の食事の寄進もしてくれました。

こうしてミャンマーの人たちの応援もあり、今里さんは誰も成し遂げたことがない日本人初の上座僧となりました。スースーチさんが親身になって動いたのも、今里さんの亡き戦友に対する深い思いが伝わったからでしょう。

また、スースーチさんが敬《けい》虔《けん》な仏教徒であったことも、困難を可能にすることにつながったはずです。

ミャンマーの人たちは、よく「功《く》徳《どく》になるから」と言います。人に何かをしてあげることはすべて「功徳」を積むことになります。

今里さんは、今（二〇一七年）なお九五歳の高齢にもかかわらず、お元気で宝塚にお住まいです。二〇一七年八月二七日に今里さんを主人とともに訪ねました。今里さんは父の本の出版のことをとても喜んでくださいました。そのとき伺ったお話の中でとても印象に残ったことがあります。

今から一〇年ほど前に、今里さんがバーモという当時駐屯していたところに慰霊に行った際のことです。なかなか少数民族の監視が厳しく、そんな奥地には行けない状況だったにもかかわらず、何とか当時駐屯していた場所に行けたそうです。戦争中そこで、今里さんは銃撃され足を撃たれました。五発の銃弾が当たった瞬間転げたので、それを見ていたみんなもやられた！　と思ったそうですが、すぐに立ち上がり安全なところに走って逃げ込むことができました。ところが、それまで走れていたものが、流れ出す大量の血を見たとたん、足が冷たくなり、まったく歩くことができなくなったそうです。今里さんは人の身体の不思議を言われました。

その場所には、大きな椰子の木があって、ちょうど今里さんに向けて撃たれた弾がその椰子の木をかすめたので傷がついていたそうです。その木を見つけると、当時地上から三〇センチメートルのところにあったその傷は、今では胸のあたりまできていました。三〇年の間に椰子の木が大きく育っていたのです。その場所に行くと、椰子の木もすぐにわかり、戦死した仲間を埋めた場所も当時のままだったそうです。

自分だからすべてがわかる、人が見ても何もわからない。戦友の遺骨を何とか日本に返してあげたいと思って亡くなっていった方は多いと思います。きっと、そこに行けばどこに誰を埋めたか私ならわかると思っておられたことでしょう。遺骨収集が急がれます。

橋本量則先生との出会い

橋本量則《はしもとかずのり》先生は、泰緬鉄道建設時の日本兵や捕虜のことを研究されている方で、大阪国際大学で教鞭《きょうべん》をとっておられました。十数年前の一つの出会いがなければ先生に行きつくことができませんでした。それほどに奇跡のような出会いでした。今回この本を書くにあたっては、たくさんの人とタイミングよく巡り合うことができましたが、そのことは今でも不思議です。

二〇一六年三月四日、父に戦争時の泰緬鉄道建設のことについて聞きたいと、橋本先生がわが家に来られました。そのご縁には、とても不思議な流れがありました。二〇一六年二月、東京で開催された言語学者の鈴木孝夫先生を囲む研究会がこのご縁のきっかけとなりました。

橋本先生からは、この本を書くにあたって貴重な研究資料もいただきました。たくさん伺ったお話の中で、特に印象に残ったのは、泰緬鉄道建設時にタイ側からの捕虜の管理部隊長として従事していた板野《ばんの》博暉《ひろてる》中佐のことです。橋本先生から初めて教えてもらった板野中佐の戦争中の生きざまに大変感銘を受けた二日後、たまたま長谷川三郎氏のかなり分厚い『鉄道兵の生い立ち』の本を手にする機会があって、何気なく開いた途端、板野中佐の文字が目に飛び込んできたのです。何という偶然かと驚きましたが、今になって思えば、これも必然だったような気がします。そのために、どうしても板野さんのことを書いておかなければならないという気持ちになりました。

真ん中が橋本量則先生。

本来捕虜はジュネーブ条約で、「戦争中軍事目的の労役をさせてはいけない。軍事目的以外で労役をさせる場合は賃金を支払うこと」となっています。にもかかわらず、一九四二年（昭和一七年）八月一六日には、泰緬鉄道建設の労力として捕虜を使うことが発令され、翌年四月ごろまでにタイ側五分所に捕虜約三万七〇〇〇名、ビルマ側三分所に捕虜約一万八〇〇〇名、合計五万五〇〇〇名が配置されました。

長谷川三郎氏は『鉄道兵の生い立ち』で、当時の大本営のこの命令が根本的に間違っていたと指摘しています。それは、ジュネーブ条約違反に加え、敵側に軍の機密工事を請け負わせることへの疑問、敵が真面目《まじめ》に働くはずがないこと、また敵である以上絶えず監視しなければならないこと、捕虜に俸給を支払う必要があること、さらには五万名を超える食糧を確保しなければならないことなど、数々の不都合を理解せずに判断した大本営の甘さ、また、それに対して南方総軍司令部が何も意見せずにその命令を受けたことに対して憤《いきどお》りを強く感じておられます。

これにより、戦後捕虜収容所に関わっていた多くの人が戦犯とされ、死刑にされました。捕虜に優しく接していたとしても、その役目柄から処刑された方、捕虜と直接接していたので名前を覚えられ、他の人の名前を知らない捕虜がその名前を書いただけで処刑された方など、理不尽《りふじん》極まりない処置で数多くの方が無念の死を遂げています。

タイ捕虜収容所長であった中村鎮雄《なかむらしげお》大佐は、戦争中、捕虜に対する間違いない処遇のために尽力されました。大変な人格者で「捕虜を大事にせよ」とつねづね訓示されていたそうです。そんな方が、戦後受けた軍事裁判において死刑判決を受けてしまいました。裁判長がこの方は死刑にしてはならないと自ら判断し、減刑の嘆願書を提出するという裁判結果になりましたが、結局、死刑を免れるかもしれないという淡い期待を持ちながら死刑にされてしまったのです。

今でも郷里の熊本では、戦犯として亡くなった方の遺族の集まりである「白菊会」という会を中村大佐のお孫さんが会長となって活動されていると聞いています。そんな悲劇が起こったのも、捕虜を労役にかり出した大本営の判断が原因です。

板野博暉中佐のこと

シンガポールから送られた捕虜部隊には、アルファベットの名前がついていました。例えばA部隊三〇〇〇人はビルマに、B部隊一四九六人はボルネオに、C部隊二二〇〇人は日本に、D部隊五〇〇〇人はタイに送られました。

板野博暉中佐は、Fフォースと呼ばれる七〇〇〇名のイギリス人捕虜グループを統括する、マレー俘虜《ふりょ》収容所第四分所長でした。事前準備がしっかり行われていない状況に加え、雨季の大雨などの影響で、タイから鉄道を建設する現場までのトラック手配がうまくいきませんでした。そのため、捕虜だけでなく日本兵も、三〇〇キロメートルのジャングルの道を歩いて行軍することになりました。

シンガポールからタイのバンポンまでは、五日間すし詰め列車での移動でした。疲労困《こん》憊《ぱい》して到着したと思ったら、たった一泊の宿泊で翌日には三〇〇キロの行軍となったのです。シンガポールからの列車移動では、行く先も知らされないまま、蒸し暑い車内で横になって寝ることもままならず、捕虜のみなさんがどれほどの不安を持っていたかは容易に想像できます。

タイに到着後、なぜか避暑地に連れて行くという話が捕虜に対してあったので、その時点で病人も多数いましたが、みんな涼しいところに行けるという思いで出発したという捕虜の方の日記が見つかっています。

死の行軍でした。そのとき、多くの命が失われました。マラリア、デング熱、赤痢、脚《かっ》気《け》、コレラなどが蔓延《まんえん》し、食糧も粗末で、暑いうえに、二四時間雨が降っている雨季でもありました。そんな中、板野中佐は、倒れた捕虜を励まし、介抱し続けました。

長谷川三郎大尉が行軍中の板野中佐を迎えに行ったときの記述があります。

「ケオノイ河の岸に沿うところで捕虜の先頭に行き当たったので、板野所長の位置を聞くと後方四キロくらいの所であるとわかり、車を走らせると隊列の終わりが見えた。最後尾に長身の将校が横臥《おうが》している捕虜を介抱している姿が見える」

それが、板野中佐でした。

「陽は西に傾いて来たが斜陽が路面を焦がして暑さはまだ去らず、歩いている捕虜はさぞ暑かろうと思っていると、板野中佐が七～八名の捕虜を介抱していた。『ノウスリープ、眠ってはいかん、もう少しだ』と激励し抱いて水を飲ませている。自分の部下を労《いた》わるようによく面倒を見る」

しかしながら、それでも板野部隊では七〇〇〇名いた捕虜のうち三〇八七名が亡くなってしまいました。

長谷川氏の文章から、戦後の裁判の様子がよくわかります。

「時は流れて戦争終結の時点で泰緬鉄道関係の捕虜収容所長以下多数の所員は戦犯として逮捕され、所長のほとんどは絞首刑に処せられた。板野所長の場合は、捕虜虐待《ぎゃくたい》の証人に立った捕虜の英軍将校が、『板野所長は虐待したことは一度もなく、食糧不足となったのは水害のため食糧が来なかったからで、いわば天災であり、中佐は自身で食糧受領に出かけ、少しでも多くと誠意を持って務めてくれた』と述べた。証人が逆に助命嘆願を申し出たほどで、法廷では老齢の中佐に破格の椅子を許し、他の収容所より多くの犠牲者を出したにもかかわらず、戦犯裁判では当時の捕虜の管理責任者としては異例の三年の禁固刑だったという。私は、その後一度きり面接してないが、長身にして常に姿勢を正し、古武士の風格があり、この方を歩兵連隊長として立たせたとすれば部下を愛してさぞかし強い立派な連隊を練成したと思われ、惜しむらくは捕虜収容所という貧職を与えられ、その所を得ず誠に残念と思われます。捕虜の話が出ると、あのときの『ノウスリープ、眠ってはいかん、もう少しだ、がんばれ』の激励の情景が深く印象に残っております」

戦争中の過酷な状況においてもこのように大和魂《やまとだましい》を持って人と接していた方がおられたこと、また、その姿をしっかりと見ていた捕虜のみなさんがいたことを私たちは知らなければならないと思いました。

このことがあって初めてわかったことなのですが、二〇一五年にイギリスに父を招待してくれたハーロルド・アチャリーさん（次章でくわしくご紹介します）がこのFフォース に所属していました。まさに板野中佐の部隊だったのです。父とハーロルドさんは泰緬鉄道建設時にはまったく接点がなかったのですが、今ここに板野中佐がさらなる繋がりの輪を広げてくれたのです。

板野中佐の話を最初にしてくれた橋本先生は、泰緬鉄道建設に特化して、研究をさらに深めるために二〇一六年九月末にロンドン大学大学院（博士課程）への調査の旅に出発されました。当時の詳細を研究して、死ななくてもよかった日本兵の無念を晴らしたい思いもあるそうです。

このように具体的事実に即した研究を通してわかる真実を私たちが受け止めることで、過去の出来事の一つひとつが意味を持ち、これからを考える大きな指標となるに違いありません。大変意義のあるありがたい研究をされていると思います。

こうして戦争当時誰も予想できなかった繋がりがどんどん広がっていきます。それは、決して戦争の悲劇を忘れてはいけないという思いの連鎖でもあります。

この広がりは、無念の死を遂げた方、まだミャンマーで遺骨として眠っている方々の御《み》霊《たま》が切望されているものかもしれません。

スースーチさん

スースーチさんとの最初の出会いは日本でした。若き日の彼女と私は、一緒に買い物に行ったこともあります。華奢《きゃしゃ》で綺麗な二〇歳前後の女性でした。毎年高野山でミャンマー関係の慰霊祭があり、そこで父が彼女と知り合ったことで、その後いろいろと繋がりができました。そのご縁でミャンマーに行くと必ず彼女がすべての旅程を考えてくれ、父が安全に慰霊を続けられるように手配してくれるようになりました。彼女はとても細かいところまで配慮してくれて、何より父の安全と健康を中心にすべてを決めてくれました。

スースーチさんは水産関係の会社を経営していましたので、そこのスタッフも会社を休んで父の慰霊の旅に同行してくれました。彼女は日本で勉強していましたので、日本語が話せます。ミャンマーでの慰霊の旅の最初のころは、いつも父に同行してくれました。信心深い仏教徒である彼女は、誠心誠意父を助けてくれました。

しかし、スースーチさんは重い病気にかかってしまいました。目の奥に腫瘍ができたのですが、場所が悪くて手術ができないのです。ミャンマーで治療を受けていましたが、なかなか思うように回復しないので、治療のために日本に来ることになりました。そのときも父はいろいろと連絡を取り合い、浜松の病院にとてもいいお医者さんがいるということで診察を受けに行きました。

浜松までは、慰霊に同行して親しくなっていた主人が付き添いました。診察の結果、やはり腫瘍の位置が悪くて手術ができないということでした。ミャンマーに帰ってからもあらゆる治療に臨み、何とか小康状態を続けて今に至っています。そんなこともあり、スー

右端がスースーチさん。

スーチさんとは並々ならぬ深いご縁を感じています。

スースーチさん一家は、反軍事政権思想の一家でした。軍事政権下において外国人を家に泊めるということはとても危険なことだったのですが、彼女は父をずっと自分の家に泊めてくれました。ある年は、父と主人がスースーチさんとともにミャンマーの北のほうに住む軍事政権に反対する女の人を訪ねていったとき、スパイ容疑で秘密警察のような人にあとをつけられたこともありました。その人は四六時中監視していて、食事中も何も食べずにいたので、父が気の毒に思って、その人に食事を持って行ったそうです。そのことがあって、秘密警察のような人と父がとても親しくなったという話を聞きました。

スースーチさんはずっとアウンサンスーチーさんを応援していて、いつもヤンゴンの彼女の家に行くと、アウンサンスーチーさんが当時軟禁されていた建物の門の前で記念撮影をするのが恒例になっていました。

彼女のお兄さんは、何度も反政府の政治犯として逮捕され、牢獄に入れられ拷問《ごうもん》を受けました。それでも自分の意志を曲げず、幽閉されていたアウンサンスーチーさんを支持し続けました。スースーチさんもアウンサンスーチーさんを応援し続け、やっと二〇一一年アウンサンスーチーさんが解放され、民主化運動の強い波に押され軍事政権が幕を閉じることとなりました。お兄さんは今晴れて、得意の英語とコンピューターの技術が生かせる仕事についているということです。


二〇一五年四月にミャンマーを訪れたとき、高齢だった父は長旅の疲れが溜まって咳が止まらなくなりました。スースーチさんの家に泊まっていましたが、救急病院に運ばれるほど症状が悪化したのです。その晩は、遅い時間にもかかわらずスースーチさんをはじめ、たくさんの方が付き添いで来てくれて、親身になって心配してくれました。幸い翌日には回復しましたが、そのときのみなさんの優しさは決して忘れることができません。

父は、慰霊の最後は必ずヤンゴンのスーチーさんの家で過ごします。そこにたくさんの人が父を訪ねてきます。みなさんは、高齢の父の前にひざまずき、「尊敬の意を表す儀式」の挨拶をしてくれます。そして、最後の日には大勢の人が集まってスースーチさん主催の父の送別会をしてくれるのです。スースーチさん一家、親戚をはじめご縁のあった方がたくさん集まって、まるでお祭りのような楽しい時間を過ごします。

ミャンマーの人たちが父の来訪を心から歓迎し、また、別れを惜しんでくれているのがとてもよくわかります。

アウンサンスーチーさんの家の前で記念撮影。

アウンサンスーチーさん

アウンサンスーチーさんは、「ビルマ建国の父」と呼ばれた実父のアウンサン将軍を研究するために、一九八五年一〇月から翌年七月までの約九か月間、京都大学東南アジア研究センターの客員研究員として来日されていました。彼女はこのためにオックスフォード大学で二年間、日本語を学んでいたそうです。

その後改めて「当時の日本の兵隊にアウンサン将軍が暗殺されたときの状況を聞きたい」という連絡が、五一会に届きました。五一会というのは、ミャンマーで泰緬鉄道建設に従事した鉄道第五連隊第一大隊に所属していた兵隊の方々に呼びかけて戦後組織されたもので、名簿の整備やミャンマーへの慰霊、定例会などの活動をしていました。

一九六七年（昭和四二年）の結成から二〇〇五年（平成一七年）まで、三九回の集まりを持ちましたが、父も関西支部のお世話役をさせてもらいました。

一九八六年（昭和六一年）一〇月一九日、アウンサンスーチーさんの要請を受けて、愛知県犬山城の一の宮ホテルに五一会のメンバー六六人が集まり、当時の話をしました。そこには、アウンサンスーチーさんと一緒に息子さんも来ていて、父は彼にけん玉を教えてあげました。わが家にはそのときの写真も残っています。

アウンサンスーチーさんのご子息と。

そんなアウンサンスーチーさんと、彼女が解放されてから開催された二〇一三年三月のモン族の大きなお祭りで、父は再会することができました。二万人もの人々が集まる場で、スースーチさんが取り計らってくれて、直接話すことができました。

「日本語は覚えていますか？　私は長きに渡ってずっと、ミャンマーを慰霊して回っています」

などとミャンマー語で話すことができたと、父の喜びようは大変なものでした。このときの写真は、日本の新聞にも掲載されました。

アウンサンスーチーさんが軍政による軟禁から解放されてからというもの、わずかな期間でミャンマーの様子は大きく変わってきています。二〇一六年ヤンゴン市内では、大きなビルを建てるためのクレーンが、そこかしこで大きな鉄骨を吊り上げていました。その光景には、これから経済発展を遂げようとする新しい国の夜明けを感じました。

交通渋滞もかなり深刻になり、今まで一〇分ほどで到着していたホテルへも、一時間近くかかるようになりました。近々、日本の技術支援が入って、信号を集中管理することによって交通渋滞を解消する動きがあると聞きました。これから、アウンサンスーチーさんがミャンマーをより豊かな国へと変化させてくれることを、ミャンマーの人々は大いに期待しています。

オンマータイさん

一九七五年生まれのオンマーさんは、ミャンマーで英語、日本語のガイドをしていました。ミャンマーの大学を卒業した後、二〇〇九年から奈良県の白鳳女子短期大学で勉強しました。趣味は読書という勉強家です。

現在は、日本語のガイドと通訳の仕事をしていますが、常に明るく、機転が利《き》いて優しいので、とても人気があります。また、政府関係の仕事も多く、日本やミャンマーの情勢をよく知っています。そんなオンマーさんが、知り合ってからずっと父の慰霊に同行してくれました。

オンマーさんが父との同行で特に印象に残っている場面は、モーニン駅での戦争当時改札係だったミヤモンさんと父の再会だそうです。そのとき、約六〇年ぶりに探し当てたミヤモンさんと父は、再会を喜び合い、当時のことを語って涙を流していました。また、シッタン河に橋を作ったときにお世話になった村を探しに行ったときのことも、とても印象深かったようです。

ミャンマーではほとんど一緒だったオンマーさんは父について、「いつも優しくて、何でも受け入れるので、おじいさん（父のこと）と会ったミャンマーの人たちはおじいさんのことが大好きになります。また、人の悪口は駄目だと言われました。おじいさんは決して人のことを悪く言ったことはありません」と話してくれました。

オンマーさんのお母さんが手術をするとき、父はとても心を痛めていました。いつも会うたびに、父はオンマーさんにお母さんの様子を尋ねていました。オンマーさんも父のことを大事にしてくれていますし、父もオンマーさんのことをまるで娘のように思っています。

わが家にも何度も泊まりに来ましたので、私たち家族とも親戚のような付き合いができています。ミャンマーでは政権が代わり、いよいよオンマーさんたちの時代になりました。彼女はとても大きなビジョンを持っていて、これからのミャンマーのために働きたいそうです。

政府の中心的な仕事をしたいとのことで、今後五年間、勉強に多くの時間を費やす覚悟であることを聞きました。また現在、フランス語、中国語、日本語を話すことができますが、さらに韓国語やドイツ語など各国の言葉を勉強して、政治家になって通訳なしに外交をしたいと意欲的に話してくれました。

努力家のオンマーさんなら、きっとそれは実現するはずです。近い将来において、ミャンマーと日本の関係がより深くなるような両国の橋渡しをしてくれることでしょう。

オンマータイさん。

そんなオンマーさんから、二〇一六年六月に父の具合が良くないというメールを送ったら次のような返事が来ました。

「私は毎年おじいさんの代わりに、ヤンゴンの日本人墓地に行ってお参りをします」

ここにも、父の意思を継いで次に繋げてくれる人がいます。

シャントーミィンウーさん

シャントーさんは、父が慰霊に行くと、通訳をしたり、車の運転をしたりしてくれます。元はスースーチさんの経営する水産会社の社員だったのですが、今は独立してミャンマーから日本への旅をアレンジする観光業を営んでいます。

シャントーミィンウーさん。

高齢の父が慰霊の途中で何か起こったときのために、必ずスースーチさんは男の人をつけてくれましたが、そのひとりがシャントーさんでした。

つい最近（二〇一六年六月）、父の具合が悪くなったときも、ちょうど日本に来るということで、旅程を変更してわが家に泊まってくれました。突然の来訪に、父は涙を流して喜びました。

シャントーさんには結婚して一歳になる子どもがいます。その子の将来の教育環境を今から心配していて、日本の教育事情をいろいろ質問していました。来日して日本人の生活を見ることによって世界が広がり、それを取り入れて自分の子どものために生かしたいという気持ちの底には、戦争時代から続く日本への友好的な感情が脈々と流れていると感じました。

シャントーさんのお父さんも反軍事政権の思想を持った人で、政府と戦って酷い仕打ちを受けたそうです。拷問を受けても時の政府に迎合することなく自分の意志を貫き通したそうです。

今では、お父さんは周囲の方から尊敬され、シャントーさん一家も軍事政権に反対していた家ということで一目置かれているということです。

私たちはシャントーさんとはこれからも何度も会えると思います。日本に来る機会が多いのと、私の孫とも交流ができる可能性があるからです。こうして、父が残してくれた縁が絶たれることなく未来に繋がっていくことは、戦争中ミャンマーで命を落とした多くの兵隊のみなさんの喜びでもあるように感じるのです。しかし、その始まりが悲しい戦争であるという事実を私たちは決して忘れずに、未来に引き継いでいかなければなりません。

古賀公一さん

京都にお住まいの古賀公一《こがこういち》さんのお父さんは、インパール作戦で戦った方です。生きて帰られましたが、亡くなられた後、古賀さん

古賀公一さん（左）。

は高野山成福院の慰霊法要に参加され、父と一緒にミャンマーに行って各地を慰霊されました。高齢の父ですので、高野山での法要やミャンマーへの慰霊の旅では大変助けていただきました。

インパール作戦の戦死者の遺骨がほとんど日本に帰って来ていないことに、今でも大変心を痛め、関係各方面に働きかけておられます。また、泰緬鉄道博物館の玄関前の像の件についても、解決に向けて精力的に動いてくださいました。

父のことを古賀ご夫妻そろって心から応援してくれています。

平和の塔除幕式にて。右端が置田和永さん。

泰緬鉄道博物館前に建てられた平和の塔。

置田和永さん

岐阜にお住まいの置田和永《おきたかずなが》さんは、突然我が家に父の大好物の大きな柿をリュックサックいっぱい詰め込んでやって来られました。父が泰緬鉄道を敷設していた鉄道兵だということを、ミャンマー友好協会から聞いてのことでした。置田さんは、ミャンマーの日本人学校の校長をされていました。ミャンマーが大好きで日本との懸け橋になられています。泰緬鉄道博物館の日本兵の像のことでは、置田さんの知り合いのミャンマーの方が、何度か現地タンピュザヤに出向いて撤去の交渉をしてくださいました。

また、後述の吉岡秀人先生とも親交があり、置田さんにも深いご縁を感じます。私たちがミャンマーの泰緬鉄道博物館オープニングセレモニーに行ったとき、現地の方に写真や模型を使って説明させてもらった「平和の塔」も二〇一六年四月には、タンピュザヤの泰緬鉄道博物館の敷地内に無事建設され、その除幕式も盛大に執り行われました。その後も、世界の平和を願って、泰緬鉄道のタイ側の基幹駅のカンチャナブリに平和の塔を建てる計画があり、二〇一七年一一月にはその除幕式を予定されています。心から世界の平和を願い、戦争で亡くなった多くの方に思いを馳せて、自らその地を訪れ慰霊もされています。

吉岡秀人先生

吉岡先生は、小児外科医です。ミャンマー

吉岡先生の病院の前で。

で一五年前に無償医療を始められました。今では、ジャパンハートという国際医療ボランティア組織を作られ（二〇〇四年設立）、カンボジアも含むアジア途上国への医療活動、国内の僻地《へきち》・離島などへの人的サポート、がんやエイズの子どもたちやその家族に思い出の旅行をサポートする活動などを展開されています。

ここに一冊の本があります。冨山房インターナショナルから出版された『死にゆく子どもを救え』です。二〇〇二年から二〇〇九年までの現地での医療現場を中心に吉岡先生が書かれた日記です。

そこには、壮絶な日々を精いっぱい心を尽くして患者に向き合う先生の姿があります。まるで哲学書を読んでいるような、人としての生き方を考えさせられる言葉がいっぱい詰まっている本で、深い感銘を受けました。

日々の生活を丁寧《ていねい》に積み上げることの大切さ、自分の天命に沿って生きる喜び、目の前に現れた困難から目をそらさず立ち向かうこと、人と人の心が繋がる瞬間の尊さ、力いっぱい生きること、実行することの大切さ、日本人として脈々と受け継がれているものを忘れてはいけないなど、書ききれないくらいたくさんのことを学ばせていただきました。

医療に携わっていない私にとっても、日常の現場における先生の生き方から多くのものを感じることができました。日々の医療現場は、国際ボランティアとして参加された人たちの意識を大きく変えるほどであることがよく伺えます。

父は五、六回ほど慰霊の途中で、サガインにある吉岡先生の病院を訪れています。お話を伺えたこともありましたし、お留守のときもありました。父は時間を決めて人と会う約束をすることなく出かけることもしばしばで、いれば会えるし、いなかったらまた行くという感じでした。何度も出向くことを厭《いと》わずにいましたが、相手の方にとってはご迷惑なことが無きにしもあらずだったかもしれません。

私は、二〇〇七年に先生と病院でお会いすることができました。そのときに書いた文章があります。以下にご紹介します。

＊　＊　＊　＊　＊

マンダレーの市内から車を走らせること約一時間。大きな川に沿ってゆったりと時間が流れているような村に出ました。

そこには、病院を運営されている吉岡秀人先生がいらっしゃるのです。吉岡先生と父との出会いは、二〇〇七年の冬、先生が帰国されて、大阪市にある御堂《みどう》会館でミャンマーの医療についての講演をされたとき、父がお話を聴きに行ったことがきっかけです。講演が終わって、早速父は吉岡先生に、今までの自分のミャンマーとの繫がりなどを話し、四月にミャンマーへ行くときには、「ミャンマーに行ったら必ず行きます」と約束までしてきたのです。

父がミャンマー北部にあるマンダレーより一五キロ離れたサガインに到着したとき、吉岡先生は病院にはいらっしゃいませんでした。ちょうどミャンマーがお正月に入るところだったので、病院も入院患者の一時帰宅などでとても静かでした。思っていたより大きな立派な病院でした。少し離れたご自宅から、バイクで病院に来てくださった吉岡先生は、四〇代前半のとても優しい穏やかな方でした。

日本から来た看護師の女性二人と吉岡先生、現地の事務の方、現地の看護師の女性を交えて、一時間ほどお話を伺うことができました。

経済的に裕福とはいえないミャンマーにおける医療の現場は、とても厳しいものでした。病気になっても、お金がないので医療を受けることのできない人たちがいかにたくさんいるかということもわかりました。

吉岡先生の病院は、僧院が建ててくれたものです。しかし、運営はすべて吉岡先生たちが集めた寄付を資金にして成り立っていました。僧侶のみが無料で医療を受けられる病院はいくつかあるらしいのですが、一般の人が無料で医療を受けられる病院は、ミャンマー全土でもここしかありません。ですから、遠くからはるばる来ている人もいます。

吉岡先生は、小児外科の先生です。今まで、この病院での手術は九〇〇例を超すそうです。手術を受けなければ生きられなかった人がどれほどいたことでしょうか。

でも、先生は淡々と語られます。

「私は、気負いも、有名になるような気持ちも何もありません。医療行為が必要な人が目の前にいて、ただ自分の使命をまっとうしているだけです。何より大切なことは、DNAが続いていくことです。死んでしまっては、DNAの情報が断ち切れてしまいます。代々そのDNAが引き継がれていくことが、とても大事で尊いことだと思います。命を救うことは、私の使命です。

ひとりの子を、ミャンマーでは手術できなかったので、日本に連れて行きました。そのときには、二〇〇万円ほどのお金がかかりました。

『ひとりにそんな大金を使うより、そのお金で多くの人を救うべきだ』

と非難する人もいました。でも私は、目の前で苦しんでいるひとりを放ってはおけません。縁があって自分の前に現われたひとりを全力で救いたいと思うのです。縁があるということは、すごいことです。こうして、ミャンマーで医療行為ができるのも、戦争中、日本の兵隊さんが、ビルマの人々に温かく接してくれていたからこそです。私が今、温かく迎えられているのも、そのときのことがあったからだと、日々感謝しています」

先生のそのお言葉からは、戦争中から脈々と受け継がれてきたミャンマーと日本の目に見えない太い絆を感じました。

吉岡先生も、日本からの看護師さんもすべて自分のお金を使って生活されています。完全なボランティアです。先生は、ときどき、寄付を集めるために日本に帰って来られます。

私は、入院している子どもたちへのおみやげとして、絵を描く紙と色鉛筆を渡しました。先生は二日後に日本に帰られるということだったので、ミャンマーで会えたのが奇跡のようでした。

縁というものは、不思議なものです。何と、先生の出身は吹田市で、千一小学校、片山中学校に通っていたそうです。わが子と一緒の学び舎だったとは、驚きであり感激です。

得がたい出会いをさせてもらい、いいお話を伺うことができました。日本人が海外のいたるところで立派な活動をしていることは、テレビなどの情報で知ることも多いですが、実際その活動を目の前にすると、活動の重みがずしりと伝わってきます。生の声で語られる話は、感動で心が震えました。

＊　＊　＊　＊　＊

二〇〇七年からすでに一〇年の歳月が流れました。今この文章を読み返してみても、先生にお会いしたときの感動が蘇《よみがえ》ってきます。

吉岡先生はあれからどんどん活動の幅を広げられ、「医療の届かないところに医療を届ける」というコンセプトで「ジャパンハート」を設立され、今ではたくさんの方々が協力されています。ジャパンハートは「日本の、日本人のこころ」を意味していると知って、とても納得がいきました。先生の医療行為そのものに、日本人のこころを感じました。

吉岡先生は、先進国の技術で途上国の人たちを治してあげているという感じがまったくしないのです。その土地の場に馴染《なじ》み、患者さんに言葉には出さずともその人生を思い最善を尽くす姿勢は、まさに日本人のこころ、ジャパンハートではないでしょうか。

父は自らの気持ちだけで四〇年間に二七回の慰霊を続けました。ただただ亡き戦友の御霊を供養するために、今自分ができることをやってきたのです。人が見ていなくても、毎回丁寧に祭壇を作り、同じ場所に行って祈りました。そしてミャンマーの地に馴染み、戦争中に受けたご恩に感謝してきました。そんな行動を通じて、たくさんの人と友好関係を結ぶことができました。

吉岡先生と父では、やっていることはまったく違いますが、何か日本人としての共通点を感じます。泰緬鉄道博物館前の日本兵の像の問題が発生したときも、吉岡先生は日本政府が動くように取り次いでくださいました。そのとき、先生の奥様と直接会うことができました。

とても優しく聡明な奥様で、先生がミャンマーで無償医療を行うようになったのは、ミャンマーへの慰霊団について行ったことがきっかけになったというお話を伺うことができました。父のことは以前よりご存知でしたが、父のやってきた慰霊の話が進むうちに涙を流してくださいました。

お話しできたのはわずかな時間でしたが、とても貴重な時間になりました。

奥様は小児科医です。二〇一七年八月に届いたジャパンハートの年次報告書に奥様である吉岡春菜先生が新理事長に就任されたとありました。ご夫婦で同じ方向を向いて人の命を救う尊いお仕事をされることの素晴らしさを思い胸が熱くなりました。今後も「医療は患者のためにある」「医療の届かないところへ医療を届ける」という基本理念の元、より良い組織を作られ幅広い活動をされるのだと思います。

今も、吉岡先生は日本のような整った医療施設のない病院で工夫に工夫を重ね、日本では考えられないほどの数の手術をされていることと思います。

ジャパンハートの活動は寄付によって成り立っています。二〇〇七年当時直接伺ったお話では、スタッフは無償、無給で活動しているとのことでした。初めてお話を聞いてからすでに一〇年の間にジャパンハートも大きく進化を遂げました。ミャンマーでは二二年間に及ぶ活動で無償で幼い命を救い続け、カンボジア、ラオス、インドネシア、日本にも活動の輪を広げておられます。日本帰国時には、数々の講演依頼を受け、小学生を対象にした「いのちの授業」の講演活動も行なわれています。また、医療ボランティアの制度も確立され、年間五〇〇名以上の医療者が医療ボランティアに関わっています。

このような方々がいることを少しでも多くの人に知ってもらいたいと切に願います。

第四章　時を超えた友情

はじまり

二〇一三年一月、NHKを通じて、泰緬鉄道建設時の話をインタビューしたいという話が突然父のところに舞い込んできました。そして、二〇一二年一二月二二日に母が他界して、弔《とむら》いの灯篭《とうろう》の灯りがまだ回っていたある日、BBC放送と関係のあるイギリス人クルーがNHKの関係者とともにわが家での撮影に来られました。

それは、泰緬鉄道建設に関わった元イギリス兵捕虜と元日本兵が、当時を振り返り、そのときの率直な気持ちとその後の人生を語るドキュメンタリー映画の制作のためでした。その映画は両国で一〇名の方がひとりずつ話したものを編集したものです。この撮影で我が家に来られたみなさんは、とても友好的で歴史の真実を残したいという思いにあふれていました。くわしいことを何も聞いていない状況でしたので、おもてなしの準備もないいま、急いで簡単な食事を用意して、クルーのみなさんと家族での楽しい時間を過ごしたことを思い出します。

二〇一五年に完成した映画は、イギリス国民の共感を呼ぶものであったようで、BBC放送局より一回の放送予定だったものが、現在までに六回も放送されています。

撮影当時、父は九二歳でしたが、その父の映像を見て、ともに映画に出演した元イギリス兵捕虜のハーロルド・アチャリーさんが、ぜひ父をイギリスに招待したいと申し出てくれました。

その時点では九六歳だったハーロルドさんは、現役時代は大手石油会社の幹部として世界中で活躍された人です。また、エリザベス女王よりナイトの称号を受けられた立派な方です。映画の中でのハーロルドさんは、とても穏やかで自然体でありました。

このお話には父も心を動かされていましたが、二〇一四年一二月、就寝時に畳の上で転倒し、胸を強打したことが原因で、あれほど元気だった父が二週間ほど寝込むことになりました。こんな状態ではイギリスへのご招待の話は仮に日程が決まってもお断わりしなければいけないと思わざるを得ませんでした。

ところが、ミャンマーへの慰霊の旅を、この年は三月の下旬から四月の上旬まで予定していましたが、それに行きたいという強い意志が働いたのか、めきめき回復し、結局ミャンマーへ無事行くことができました。

その余勢もあってのことでしょう。二〇一五年六月中旬と予定が決まったイギリス行きも、本人が「行ってみたい」ということで実現することになりました。家族として、なぜ父を招待してくれるのか、どういうことが期待されているのか、と多くの疑問が湧いてきました。

父の渡英の動機は、ただ単に当時一緒に泰緬鉄道建設に従事していたイギリス兵と会えるものなら会ってみたいという単純なものでした。

そこで関係筋にいろいろ問い合わせてみると、ハーロルドさんや元イギリス兵捕虜の方々の深い思いが伝わってきました。

ハーロルドさんの捕虜時代はとても過酷なもので、ちょうどドキュメンタリー映画制作のころからやっと戦争中のことを自ら語るようになったということでした。ハーロルドさんには、日本人を憎む気持ちをいつまでも持ち続けたくないという思いがありました。

「戦争は兵士たちによって作られたものではなく、政府が作り上げ、洗脳された兵士が無理矢理戦わされたものです。それにもかかわらず、兵士すべてに対して嫌悪感を持つのは、あるべきことなのでしょうか」

という言葉を書かれています。

ようやく私たちにも、ハーロルドさんが実際に元日本兵と会って、友情関係を築きたいと本気で思っていらっしゃることが理解できるようになりました。

ハーロルドさんは泰緬鉄道をタイ側から、父はミャンマー側から作り始めました。したがって同じ現場で働いていたわけではありませんでした。

父は、オーストラリア兵一一〇人と現地人二〇〇人とともに作業をしていました。幸いにして、父はまったく暴力行為を行っておらず、最後にはオーストラリア兵に心からの感謝の気持ちを表して「サンキュー」と、ほとんどすべての捕虜の人たちと握手をして別れたそうです。

家族としては、戦争の過酷な状況の中でも、捕虜と協力し、虐待もなく作業を進めた日本兵がいたという事実が、少しでもイギリス兵捕虜だった方々の心の傷を癒すことにつながればという思いで、父のイギリス行を応援することに決めました。

それからというものは、そのご招待へ応えるためにできる限りのことをしたいという気持ちに突き動かされ、おみやげに能の「羽衣」の木目込み人形を作成し、父のことを紹介するために孫がフォトアルバムを作成し、レセプションで着物を着るために着物教室に通い、さまざまな場面でお会いする人たちのことを想定して、いろいろな準備を始めました。

出発

慌ただしく渡英が決まり、友人知人にくわしい内容をお知らせする間もなく出発の日を迎えてしまいました。にもかかわらず、私が三〇年携わってきたラボ教育センターのテューター活動関連のラボ松岡パーティの子どもたちが、サプライズで保護者の方と一緒に壮行会を開催してくれました。わざわざ家までエールを送りに来てくださった方もいて、とても励まされて出発することができました。

特に、一番年下のグループであるプレイルームの親子のみなさんが、父と私のために楽しい集まりを企画して、さらに七組の親子全員で朝六時という早い出発時間にもかかわらず空港まで見送りに来てくれました。手間がかかったに違いない大がかりな横断幕までが用意されていました。こうしてみんなで送り出してくれたのも折に触れ父が毎年の夏の

子どもたちが手作りの横断幕でお見送り。

合宿や発表会、国際交流壮行会、ハロウィン、クリスマス会、修了式など様々な松岡パーティの行事に参加して、子どもたちの間でミッキーと呼ばれるくらい親しまれてきたからです。

また、NHKの方が出発の二日前から家族の団らんや食事風景を撮り、出発当日も家から空港まで見送りの場面を撮影してくれました。これは後日NHKより放送されることとなりました。

イギリスにて

ロンドンのヒースロー空港では、二年前にわが家に来たBBC取材クルーやヘレンさんが迎えてくれました。また通訳の上田葉子さんとヘレンさんのスタッフも大勢来てくれていました。そして、青から紫色の微妙な色合いの変化が美しい立派なアジサイの花束をいただきました。

父もこの歓迎ぶりに緊張しながらも大変嬉しそうでした。ゲートを出たら早速カメラが回っていて、イギリスでの同行取材が始まりました。

●六月二一日（日）ハーロルドさんとの対面

イギリス二日目は、いよいよ対面の日です。ホテルの大きな部屋が用意されていて、「BBCブレックファースト」という番組の撮影とインタビュー、それに大手新聞である「デーリー・テレグラフ」の取材（翌日の新聞紙面に大きく掲載されました）がありました。

対面は、とても感動的でした。ホテルの廊下を歩いていくと、会場になる大きな部屋の入り口でハーロルドさんが温かい笑顔で出迎えてくれました。言葉はいりませんでした。お互いにたくさんの思いが胸にあったことと思います。ただただ笑顔がありました。握手をするだけですべてがわかるという感じでした。

二人の兵隊時代の大きなパネル。

自作の木目込み人形「羽衣」。

二人の兵隊時代の大きなパネルの写真が飾ってあって、その若かりしころの二人の顔を見ていると、今に至るまでの長い時間の流れが想像できて胸に迫るものがありました。この瞬間は奇跡としか言いようがないほど尊いものに思われました。

奥様のサリーさんは、ハーロルドさんに絶えず寄り添って、いつも笑顔の優しい方でした。この日のために心を込めて作った能の「羽衣」の木目込み人形を手渡すことができました。それはガラスのケースに入った大きなものので、日本から肌身離さず持ってきたものでした。サリーさんは、とても喜んでくださいました。私の目を見て何度も何度もうなずいてくれましたが、言葉以上に、たくさんの気持ちを読み取ることができました。

そこでのインタビューは、「どうしてイギリスに来ようと決心したのか」「イギリス兵が当時虐待されていた事実をどう思うか」などが中心でした。父は、「ハーロルドさんに会いたかった」「同じ日本兵としてそういう事実があったことは非常に残念で心が痛む」というようなことを語りました。

戦争の話を父から聞いていると、父も戦争の犠牲者であることは間違いありません。捕虜の方も犠牲者です。戦争に関わらざるを得なかったすべての人が犠牲者なのです。そういうベースがあっての対面でした。

決して、父個人が日本人として謝罪するということではなく、また、和解ということでもなかったと思います。父は、ただただ時と場所を同じくして辛い仕事に従事してきた人

BBCブレックファーストの取材。

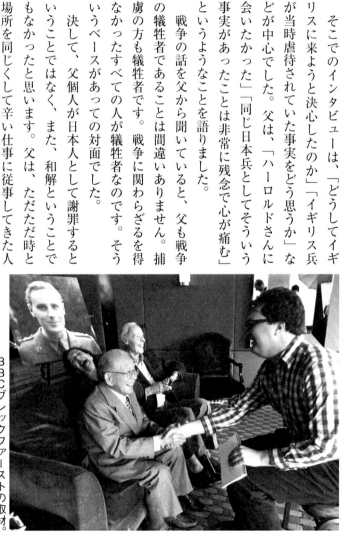

に会いたかった、ハーロルドさんも辛い記憶はあるけれど、当時の日本兵も同じ犠牲者であるという思いを持って友情関係を築きたかったのだと思います。報道は、「和解」という言葉を使いましたが、二人は和解という言葉とは少し違う感情であったはずです。

●二〇一五年六月二十二日（月）　レセプション

今回のメインイベントであるレセプション当日、感謝の気持ちを形に表したくて、着物を着る計画を立てました。うまく着付けができなかったらどうしようという不安を抱えながら現地入りしましたので、自分で着付けている間中、手が震えてしまうほどでした。

異国の地で着付けに関しては頼る人もなく、忘れ物などをしたら調達はまずできないという厳しい状況でした。着付けを進めていくうちに、ちょっとしたハプニングもありましたが何とか乗り越え、無事きれいに着ることができました。

会場は、ロイヤル・アンド・ネイビークラブという、兵士のための立派な会員制のクラブで行われました。とても古くて格調高い建物でした。ここで驚いたのは参加者の数です。七〇人から八〇人は来られていたのではないでしょうか。

在英国特命全権大使の林景一さん、大使館公使の大隅洋さんも来られ、多くの元捕虜の方やそのご家族も参加されました。

また、報道関係の方も多く、カメラの数は多すぎてどれだけいたかわかりません。そこで、主催者のヘレンさん、そしてハーロルドさん、父の順にスピーチがありました。それは、一冊の冊子にまとめられましたので、永久に残るものとなりました。

林大使からは、「遠いところ今回の件で来ていただき大変でしたね」というようなお言葉をいただきました。また、今日に至るまでの経緯を父に尋ねていらっしゃいました。

レセプションの様子

●主催者であるMrs. Helen Langridge（ヘレンさん）のスピーチ（和訳）
大使、皆様、敬愛する来賓の方々、そして特に太平洋戦争の退役軍人であるFergus Anckorn, Dr. Bill Frankland, Peter Jamieson、私とSir Harold Atcherleyは皆さんが来てくださったこと大変光栄に思います。

木下幹夫さんと娘さんの素万子さんが、この特別な和解の訪問をしてくださったことを嬉しく思います。

今日は、かつては敵対する軍人だったお二人の出会いをお祝いします。

戦争勃発時、お二人は輝く未来を見ていた大望のある若者でした。しかし、その未来は恐ろしい戦争によって変わってしまいました。

お二人はそれぞれの国での義務を果たし、辛く厳しい訓練に耐え、恐ろしい戦争を経験しました。

お二人は、捕虜と日本兵として二〇世紀で最も悪名高い「死の鉄道」と言われる泰緬鉄道の建設工事をしました。

栄養失調や病気が絶えない中、建設は進められていきました。「捕虜」、「労務者」として知られる現地の労働者、鉄道軍人が昼夜を分かたず働き通し、鉄道は一五か月という信じがたい速さで建設されました。

お二人とも戦友を亡くし、恐ろしい苦しみを経験し、その光景を目にしました。

Harold Atcherley は一九四二年にシンガポールで捕虜になり、自身も栄養失調、病気、そして虐待を経験されました。

木下幹夫さんもまた、戦争の恐怖を経験し、連合国側の爆撃により戦友をなくし、イギリスの「捕虜」になりました。

戦後、お二人はそれぞれ帰国し、新しい生活を再構築するため踏み出しました。内心は忘れてしまいたかったに違いない戦争での体験を心に保ちながら、約七〇年過ごしてこられました。

私は数年前「Moving Half the Mountain」のドキュメンタリー映画のインタビューをするため、大阪にある木下幹夫さんのお宅を訪れ、幹夫さんと温かいご家族の皆さんにお会いしました。

私はすでにインタビューをし終えた英国人の画像をお見せしました。今もうこの世にはいない、素晴らしい Jack Chalker と Bill Moylon、そして今ここにお越しくださっている Dr. Bill Frankland と Harold です。

幹夫さんは、ぜひ英国を訪れ、彼らに会いたいとおっしゃったのですが、私はそれが可能であればどんなにいいかと感じたものでした。

その後、寛大で情に厚い Harold Atcherley さんが友愛の手を差しのべ、幹夫さんとその娘さんの素万子さんをゲストとしてロンドンに迎えました。

このお二人は私たちすべての人間にとってとても大切なことを教えてくれます。

二人の青年は別々の大陸から自分の力ではどうすることもできない戦場におもむき、戦争は彼らの生活に生涯影響を与え続けました。

ヘレンさんのスピーチ。

お二人は生き残り、今日ここで出会い、敵味方に分かれてはいたものの、当時においては自分がなすべき義務を果たした軍人であったことをお互いわかっています。

彼らは夫となり、親となり、孫を持ち、もしかして今ではひ孫をお持ちかもしれません。

彼らは長生きをしたことで、思いやりの心の大切さ、友情の手を差し伸べ握り合う知恵、そして許し合う器量を持ちえたのでしょう。

それでは、今日ここに来てくださったそのお二人にマイクをお渡しします。最初に、Sir Harold Atcherley、その次に木下幹夫さんを紹介したいと思います。

●Sir Harold Atcherley（ハーロルドさん）のスピーチ（和訳）

ミキオさんとスマコさんに対し温かく歓迎をさせていただきます。

今年、八月一五日に七〇周年の対日戦勝記念日、極東の終戦記念日迎えます。

ミキオさんと私が関わった、泰緬鉄道の建設は一九四三年一〇月に終了いたしました。

私は、その当時、ビルマの病院キャンプにおりまして、帰郷の第一段階でシンガポールに向かうのに、ミキオさんの鉄道に無料で乗車するという特権を得ました。もちろん、鉄道での移動は歩くより確実にいいものでした。

ヘレンさんが制作した泰緬鉄道の建設に対

ヘレンさん、ハーロルドさんと。

する優れたドキュメンタリーはＢＢＣチャンネルで一年ほどの間に六回も放映されました。そのドキュメンタリーには、私もそのうちのひとりである、五人の捕虜経験からの生存者と、ミキオさんもそのうちのひとりである、五人の元鉄道建設員からできあがっています。

戦中での出来事で、日本人への嫌悪感が懸念されます。

それらは、特に仕打ちを受けたと思われるたくさんのイギリス人の捕虜からのものです。これについては、私自身も気にかけておりますし、十分に理解しています。

多分、私たちは私たち自身に気づかせなければならないことがあるのです。

戦争は、兵士たちによって作られたものではなく、政府が作り上げ、洗脳された兵士が無理矢理に戦わされたのです。

それにもかかわらず、兵士すべてに一般的な嫌悪感を持つのはあるべきことなのでしょうか。

イタリアの科学者であり、作家でもあり、またアウシュビッツの生存者としても有名なプリモ・レヴィが心に響く伝記を書き上げました。

これは人でしょうか？　ナチズムに関わりそうな人たちをすべて同等にひっくるめて嫌うことは。

そして彼は続けて言いました。私はドイツ人に嫌悪感を持とうという結論にたどり着いたことは決してありません。

誰かが、人がどういう人かということではなく、たまたまある組織に属しているということだけでその人を判断するという事実が、理解できませんし、我慢もできないのです、と。

長年に渡る嫌悪感の後、取り返しがつかなくなる前に、和解と交友関係の手を差し出すために私たちはここにいます。

私が若かったころ、一九世紀のフランス生まれのアメリカ人、ステファン・グレッドが人生観を言葉にして表現したのを読みました。その言葉がそのころからずっと脳裏に焼き付いています。

この世の中を通り抜けましょう、ですがそれは一度だけです。私は、人に対し何か良いこともしくは親切なことを示すことができます。今、それをさせてください、この道を再び通らないようにするために。(翻訳者の直訳)

後悔しないようにするために、人に対しいいこと、優しいことを、今、させてください。ということになります。

やり残してしまったら、後悔をし、再び同じ道を通らないといけないという気持ちにな

ハーロルドさんのスピーチ。

るのではないでしょうか。

最後になりますが、ミキオさんは、私たちに会う目的とともに、お嬢様とロンドン滞在を楽しまれるためにここにいらっしゃっています。彼も、私も、この年ですから、マイペースでいることの重要性を十分理解しています。

私たちは、皆で彼をサポートしなければなりません。

●木下幹夫のスピーチ

このたび、私と娘をイギリスにご招待してくださった、ハーロルド・アーチャリーさんと奥様のサリーさんには心からお礼申し上げます。そして、この場にご招待いただきありがとうございます。この地においてここに居られる皆様とお会いすることができて、とても嬉しいです。

私は、先の大戦において、一九四二年三月二七日にミャンマーの現ヤンゴンに上陸し、ビルマ作戦に参加いたしました。元ビルマ方面鉄道第五連隊第一大隊第二中隊の兵として、軍の命令を受けてジャングルの地を開拓し、泰緬鉄道建設に従事することになりました。ビルマ側より約六〇キロメートルの地点のアナクインに駐屯し、鉄道建設に従事しました。オーストラリア兵の捕虜約一一〇人と、現地のビルマ人約二〇〇人との共同作業の始まりでした。

大変悪い環境の中で発生したコレラ、また雨季の大雨など、大変辛い思いをして難工事に携わりました。駐屯地の住まいは質素なものでしたが、捕虜のみなさんと共同で寝食も同じ状況でした。同じものを食べ、別々にではありますが、同じ茅葺きの家で寝ました。決して暴力など振るうことはありませんでした。

私と一緒に作業してくれたオーストラリア兵たちは、オーストラリア兵のキャプテンの指揮のもと、とても上手に作業をしてくれました。大雨が降ると、作業を中止するかどうかは、オーストラリア人のキャプテンと決めました。作業が中止になると宿舎ではゲーム等が始まり、少しばかりの英語を使ってオーストラリア兵と会話ができることが嬉しかったです。

日本の生活も、手や身体と少しの英語を使って何とか伝えることができました。泰緬鉄道のタイ側、ミャンマー側からの工事を終えて鉄道が繋がったときが、オーストラリア人捕虜の方ともお別れのときでした。よくやってくれたという強い思いが湧き、ほとんど全員の方と「サンキュー」と言って、握手をして別れました。今でも、当時のみなさんに会うことが出たら嬉しいです。オーストラリアに行ってぜひ会いたいです。

一九四七年一一月四日に日本に復員して来て戦友と全国各地に別れるとき、「元気に帰って来られたのだから、戦死した戦友たちのためにも故郷に帰ってから、世のため人のために尽くしてください」と伝えました。その言葉通り、私は今まで地域の人のためにいろいろなことをさせてもらいました。

二六年間自治会長を務め、警察の方とともに歩んだ防犯の仕事は、三〇年間担わせてもらいました。その防犯の仕事では二〇一四年一一月一三日に皇居大広間において、天皇陛下から勲章をいただきました。

亡き戦友やミャンマーで亡くなられたすべての方に対する慰霊の旅も、三九年前より続けています。毎年二〇日間ほどミャンマーに行きますが、今年の三月で二六回目になりました。

最初は、幾人かの人たちと行っていましたが、みなさん高齢になり、今では私ひとりの旅になりました。現地では、たくさんのミャンマーの方と友情関係を築くことができ、ミャンマー慰霊の旅のサポートをしてくれています。

ここ一〇年は私も高齢になり、娘の主人や娘が同行してくれています。戦争中ミャンマーの方にも大変ご迷惑をかけたという思いがあります。できるだけ現地で必要とされるところへの寄付も行ってきました。

これからも、元気である限り、慰霊の旅は続けていきたいと思っています。

戦後七〇年を迎え、当時、立場は違えど、時を同じくして泰緬鉄道建設に関わっていた者同士がこの場に一緒に居ること自体、とても不思議なご縁を感じています。

戦争中捕虜として大変辛い思いをされたことを想像すると、とても辛く、悲しい思いでいっぱいになります。戦争というものは、勝った者、負けた者に関わらず、それに巻き込まれた人はすべて犠牲者であると思います。二度とこのような不幸な戦争を起こしてはいけないと心から思います。世界が平和であることを心より祈っています。

父のスピーチ。私がお手伝い。

この日は、BBC放送の方以外にも、共同通信社や産経新聞ロンドン支社などの日本人の記者もいらっしゃいました。

ヘレンさんから始まった三人のスピーチは、元捕虜の方やそのご家族も含めてみんな真剣に聞いてくれていました。

後で話を聞くと、そこにいた元捕虜の中には日本兵に対していまだに好意的な感情を持っていない方もいて、また、この企画への参加を断った方もいたということでした。レセプションルームに入った時、父や私に対して距離を置いている感じがしたのもそういう訳だったのだとわかりました。どういう日本人が来て、どんな話をするのかという興味だけで来られた方もいたかもしれません。みなさん、表情が硬くて近寄り難いものがありました。
しかし、父のスピーチが終わった後の温かい拍手と、父に握手を求める方々の笑顔によって、場が明るく和やかなものに変わっていました。大きなソファに父を中心に元捕虜の方々が座りました。父はまず右の方の手を取って自分の手の上に置き、左の方の手を取ってその上に乗せました。その隣の人は、自ら手をその上に重ね合いみんなが繋がりました。固かったみなさんの顔が徐々に笑顔になりました。少し離れた席に座っていたハーロルドさんもその光景を笑顔で見ています。言葉は何も要りませんでした。癒しの空間が生まれていました。

人と人が直接会うことは、百の言葉を尽く

翌日の新聞。

最高の笑顔で握手。

すより大きな力があります。元捕虜の方々も、たとえ憎むべき日本人であっても、少なくともひとりの人間としての生き方を認め、木下幹夫という日本人とは友情関係を築けそうだと思ってくださったのではないでしょうか。この機会に、新たな視点を持って日本人を見てもらえれば、少しは日本人に対する憎しみの感情も癒されるのではないかと思います。

その場には感動を超えたものがありました。父がここに来ることができて本当に良かったと心から思えた瞬間でした。

レセプションの後で

●二〇一五年六月二三日午後　Mrs. Phileda Purvis（フィリダさん）との会合

フィリダさんとの出会いはとても素晴らしいものでした。彼女は外務省の元外交官でしたが、今は退職され、捕虜の和解のことでよく日本にもいらっしゃるということで日本語をとても流暢《りゅうちょう》に話されます。

震災を受けた東北への支援にもたびたび訪れ、アフリカのウガンダへのソーラーシステムの導入、インドの先住民への支援など世界を飛び回り、ＮＰＯの活動をされています。

ウガンダでは、今でも灯りに灯油を使っています。質の悪い灯油が出す煙は身体に有害で、特に小さい子どもにとっては、健康に大きな害をおよぼすことが懸念されます。そこで太陽光発電のソーラーランタンを家庭に設置できるようにしました。そうすると、今までの光熱費の半額で生活ができるのです。そ

帰国時のお見送りにも来てくれたフィリダさん。

れによって捻出された半額を貯金に回すという条件で、フィリダさんはソーラーランタンを寄付しているとのことです。

そうやって貯まったお金でファンドを作り、そこから生み出される資金でさらなるソーラーランタンの普及を進めます。今では、四〇〇〇世帯がその援助によって生活の質が向上しているそうです。

フィリダさんは日本の政界財界の方とも交流があり、日本での講演もたびたびされています。そんな彼女が、今回の父の渡英をとても高く評価してくださり、歴史的な記念日であると言われました。

フィリダさんは父と私のために自ら車を運転して、市内観光に連れて行ってくださいました。その中でも、ウェストミンスター寺院への訪問が一番心に残りました。当寺院は英国国王の戴冠式を執り行う教会として有名です。また、過去千年にわたって英国史上多くの著名な人物が埋葬され、故人を偲《しの》ぶ記念碑が建てられています。その荘厳さと凝縮された歴史の重みに圧倒されました。フィリダさんのご先祖もここに埋葬され、立派な記念碑が建てられていました。フィリダさんは日本語を話せるので、私は遠慮なくいろいろなことを質問させていただきました。およそ四時間の市内観光の間、ずっと話していたように思います。

お話を伺い、多くの人々を救える資金を調達できる能力や人の心を動かす力、自ら率先して立ち向かう姿勢などが活動のスケールの大きさに繋がることを感じました。胸がわくわくするほどの刺激をいただいた一日でした。

●二〇一五年六月二四日（水）　ロイヤルホスピタルチェルシー見学

日本で渡英の準備をしていたときは、イギリスでどこに行くのか見当もつかなかったのですが、実際は多くの場所を訪問することができ、そのすべてが驚きの連続でした。その一つがこの施設でした。

ロイヤルホスピタルチェルシーは、兵隊だった人のみが入れる病院、養老院のような施設で、夫婦では入れないため、男の方がほとんどです。最近八名の女性兵士だった方が入ってこられたようですが、女性が入るのは歴史的にも初めてのことだったようで、八名の女性は男性のみなさんからとても大切にされているようです。

広大な手入れの行き届いた庭園の中に一七世紀末に建てられたその建物はありました。ハリー・ポッターに出てくるような格調高い食堂があり、その他の部屋も重厚な作りで、退役軍人をとても大事にしているという雰囲気にあふれていました。

また、庭園は見ごたえがあり、毎年世界的にも有名なチェルシーフラワーショーが開催されます。当時の軍服を着ている人も大勢いました。

三〇〇名の退役軍人の方々がどんな生活をされ、どのような話をされているのか興味津々《しんしん》でしたが、施設は見学できても個人の部屋などの生活空間は見せてもらえませんでした。ここにおられる方のひとりがヘレンさんが制作したドキュメンタリー映画に出演されているということでした。

退役軍人を最後まで大切にするこの施設の成り立ちに、イギリスという国の戦争に対す

ロイヤルホスピタルチェルシー。

る考え方の一部を垣間《かいま》見ることができました。

●六月二四日（水）午後　Mrs. Helen Langridge（ヘレンさん）の家を訪問

ヘレンさんとの出会いにも、とてもご縁を感じます。二〇一三年一月一七日に、我が家にドキュメンタリー映画「Moving Half the Mountain」の撮影のために来られました。父のインタビューを撮って帰られましたが、当時それが、今回のことに繋がっていくことなど、まったく想像もできませんでした。

それから二年経って、そのときのドキュメンタリー映画が完成し、イギリス全土に放送されると、多くのイギリス国民の共感を呼びました。そして、そのドキュメンタリー映画に出演されていたハーロルドさんが、五人出演していた日本人の中で、父を選んで招待したいと言ってくださったのです。

そんなご縁で今回の渡英になったわけですが、ヘレンさんは私たち二人のことを本当に大切に迎えてくださいました。父の補聴器が一日目に壊れてまったく何も聞こえない状態になったときも、ロンドンの町中を修理のために走り回ってくれました。そしてご自宅にも招待していただきました。

ヘレンさんと息子さん。ご自宅にて。

ヘレンさんの家は現代的な内装であるにもかかわらず、イギリスの伝統的な要素も備わった、とても素敵な雰囲気が漂っていました。

リビングから見下ろす庭も広大で、お隣の庭の大きな樹は、樹齢一〇〇年は優に超すほど大きなものでした。ご主人と娘さんは旅行中で会えませんでしたが、息子さんとはそのときに会うことができました。

イギリスでは映像関係でとても活躍されているご一家だそうです。ヘレンさんは、かつての敵味方の関係ではなく、そこに関わったすべての人の思いがどのようなものであったかをはっきりさせることで、あの戦争の本質に迫る活動を映像という手段を使ってされているように思えました。

●二〇一五年六月二五日（木）　Sir Harold Atcherley（ハーロルドさん）の家へ

この日はハーロルドさんの家でのアフタヌーンティーに招待されました。やっとハーロルドさんとお話ができると思っていましたが、ひとりずつインタビューがあって別室に呼ばれて撮影するので、ご一緒できた時間はほんの少しでした。父が得意とするけん玉も折り紙も見せることができませんでした。ハーロルドさんは、大手石油会社の幹部として、世界各国を回る優秀なビジネスマンでした。

また、エリザベス女王よりナイトの称号を授けられたということで、みなさんは、「サー・ハーロルド」と呼んでいました。

以前は、立派なお屋敷に住んでおられたようですが、一〇年前からロンドンの一等地にある大きな公園の見えるマンションのバルコニーで、小鳥たちに餌をあげるような穏やかな毎日を過ごすようになったそうです。

ハーロルドさんはリビングに座り、父に「みんなは『和解』というけれど、そうではない。友情を結ぶために来てもらった」というようなことを言ってくださいました。

私たちも、ハーロルドさんに会いたいから来たのであって、「和解」という概念はまったく持っていませんでしたから、それはありがたいお言葉でした。

アフタヌーンティーは、さすがに本場です。スコーンもほのかに甘く、次女のマンディさんが作ってくれたバターケーキもオレンジの香りが品良く、とてもおいしいものでした。やはり、手作りというのは、気持ちが伝わるものです。また、伝統的なきゅうりのサンドイッチもお皿に綺麗に並んでいました。昔は温室を持つ貴族しかきゅうりを栽培できず貴重な食べ物だったのですが、その名残りのサンドイッチとして現代も作られているようです。マンディさんが「本当にこれを作ったのは久しぶりで、今ではほとんど作らないものになった」と言っておられました。本場の紅茶は最高に美味しくて、どうしたらこの味が

ハーロルドさんの自宅にて、マンディさんと。

出るのか不思議でした。少ない時間でしたが、ハーロルドさんのご家族のおもてなしは、温かく包み込まれるような素敵なものでした。

別れ際にハーロルドさんから、ご自身で書かれた自叙伝の分厚い本をいただきました。奥様のサリーさんは終始笑顔で迎えてくださって、私が差し上げた木目込み人形は、リビングの真ん中に置かれていて、とても気に入っていただいたようでした。この訪問が最後だと思うととても寂しく、別れ難い気持ちで一杯になりました。もっと居たいという思いがこみ上げました。玄関まで送ってくださったお二人の笑顔が今も蘇《よみがえ》ります。

●ケンジントン公園のピーター・パン像

私は、ラボ教育センターのテューターという仕事を三〇年続けています。その活動は国際交流・キャンプなど多岐に渡りますが、その主なものに、英語（他言語もあり）と日本語を使って、美しい音楽とともにある二〇〇を超える物語を身体だけで表現する「テーマ活動」と呼ばれる劇活動のようなものがあります。開設一〇年目までは『ピーター・パン』が大好きな物語だったので、何度も子どもたちと『ピーター・パン』を発表してきました。

三〇年間書き続けているパーティのおたよりの名前は、「ネヴァーランド」です。ご存じの方も多いと思いますが、ネヴァーランドはピーター・パンが住んでいる世界の呼び名です。

そんなわけで、いつかは本場イギリスに行き、ケンジントン公園にあるピーター・パン像を見たいと常々願っていました。とはいえ、今回の旅ではそんなプライベートな行動はできないとあきらめていたのですが、ロンドンで宿泊したホテルがケンジントン公園の横にあり、歩いて五分のところにピーター・パンの像があったのです。しかも、その像の前で九四歳の父と一緒に写真を撮れたとは！ これは私にとって、夢のような奇跡の物語でした。

夢に見たピーター・パン像の横で。

●通訳の上田葉子《うえだようこ》さんのこと

通訳をしてもらった上田葉子さんがいなければ、このイギリス滞在は辛いものになったかもしれません。予測不可能な状態はとても不安で、まして高齢の父の発言が大きな意味を持ってしまうので、毎日が緊張の連続でした。

前年の一二月までの父の状態であれば、あまり心配もしなかったかもしれませんが、いくら強靭《きょうじん》な気力体力でも年齢には勝てません。そんな父を、それは温かく最大限に父の良いところが出るように計らってくれたのが、通訳の葉子さんでした。

葉子さんは、心理学（特に子ども関連）の博士課程を履修中の方で、イギリスには一四年滞在されています。

私と葉子さんはとても気が合って、初めてお会いしたとは思えないほどでした。通訳の仕方も芯が通っていて、父が言ったことを本当に正確に伝えてくれました。それと、いろいろ今までの経緯や父の戦争中のことなどお話をすることができたので、父の背景をよく理解してもらえました。

ヒースロー空港でのお別れのときは、父も葉子さんも涙がこぼれていました。ともに心配し、ともに喜び合い、ともに達成感を味わった仲間である葉子さんとは、これからもずっ

上田葉子さんと空港でお別れ。

とお付き合いしていきたいと強く願っています。

●NHKの常井美幸《とこいみゆき》さんのこと

ヘレンさんからの撮影依頼は、最初はNHKを通じて連絡がありました。撮影時に一緒に来てくれたのが、澄み切った魅力的な声の持ち主のNHKの常井さんです。今回の渡英に際しても、常井さんがヘレンさんと連絡を取り合って、実現にこぎつけてくれたのです。

渡英二日前にも、出発前の家族との団らんを撮影し、当日も朝早くから自宅に来て、伊丹空港まで送ってくれました。ヘレンさんとのやり取りも、わかりやすくていねいに対処し、イギリスから羽田に帰ったときも、父の身体を心配してお迎えに来てくれたほどです。

父も常井さんが大好きで、常井さんなくしては今回のイギリス行きはなかったと思います。撮影してくれたNHKのカメラマンの方も誠意のある方でした。今回のことは、二〇一五年七月中旬に「NHKワールド」で放送されました。すでに三年を経過している今でも常井さんは父のことを忘れることなく、歩けなくなってしまった父にお見舞いの言葉と温かい靴下を贈ってくれました。

●マクドナルド昭子さんのこと

二〇一五年一一月一二日木曜日、東京の在日英国大使館で開催される日英元兵士の和解

常井美幸さん。

英国大使館でのレセプション風景。

のレセプションに父を招待したいというメールが、英国のマクドナルド昭子さんから届きました。

　イギリスでの元捕虜であったハーロルド・アチャリーさんと父のロンドンでの対面（二〇一五年六月）の様子がBBCのニュースで取り上げられ、それを見た昭子さんが自己紹介から始まる長いメールをくださったのです。

「お父君のとても健在で明るいご性格を拝見し感銘を受けました。今年お二人が訪英され、お父君の満遍なる笑顔と、アチャリーさんの言葉をテレビで感動をもって見聞し、その後アチャリーさんにも連絡を取ることができ、ご当人よりお電話をいただきました。この和解の対面を真から喜んでおられ、お父君のロンドン滞在の様子をお話しして下さいました。できますればアチャリーさんも東京にお越しいただけるかということで英国大使館から要請されておりましたが、九七歳のご高齢と体調が優れないとのことで、日本への訪問は無理であることを伝えられました」という内容が含まれていました。

そのメールを見て、父が「行ってみよう」と言いましたので、主人と三人で東京に行くことにしました。昭子さんは、イギリス人と結婚されて英国にお住まいですが、二〇〇八年より「ビルマ作戦協会」二代目会長として、日英和解に向けた取り組みを続けておられます。

一九八八年から英国に住んでおられますが、当時の英国民の日本人に向ける目はとても耐えがたい厳しいものであったと想像できます。

「戦争和解は戦地におもむいた兵士たち同士が、敵対した立場と過酷な体験を乗り越え、真の人間同士の理解と心の交流があって初めて成り立つものと考えており、この活動を通してそのように体験し目撃しております」

と、数多くの和解の場に立ち会われてきた昭子さんは言います。地道に元英国兵士と理解し合い、元英兵と靖国神社を訪れたこともあります。

始めてお会いした昭子さんは、自分の考えをしっかり持っておられるチャーミングな方で、父に対しても労わりと優しさを持って接してくださいました。大使館で行われたのは戦後七〇年を記念して、インパール作戦のコヒマの戦いで英国軍と戦った昭子さんのお父上である浦山泰三さんと英陸軍元兵士ロイ・ウェランドさんとの和解の式典でした。

ティム・ヒッチンズ大使は「人が和解を通して変わっていくことに敬意を表したい」と挨拶されました。戦争という悲惨な状況において、自分の気持ちを横において戦わなければならなかった兵士たちが、そのときはそれぞれの国のために純粋に戦っていたことをお互いに認め合い、武士道と騎士道を貫いた者同士であるが故に理解し合うことができ、和解が成立することを感じました。それには長い時間が必要だったに違いありません。

父の場合は、戦ったというのではなく、泰緬鉄道を作ることが主な仕事だったので、捕虜との関係はありましたが、和解という感覚はなかったと思います。それでも、辛い時と場をともにした者だからこそ感じることが多々あったことでしょう。その場にいることができたことを喜んでいました。

二〇一七年八月一五日に放送されたNHKスペシャル「戦慄の記録　インパール」は、インドとミャンマーの国境地帯への撮影許可、イギリスの貴重な資料の取材など、昭子さんの努力が実を結んだとても貴重な映像の記録でした。「陸軍史上最悪」といわれるインパール作戦の全貌が浮かび上がっていました。

この番組は、三万人ともいわれる将兵が主に退却時に命を落とした悲惨な実態を描いています。決して忘れてはいけないし、これからを生きる私たちはその事実を知らなければならないのです。また、続編も企画中ということなので、たくさんの方に見てほしいと思います。

昭子さんが英国から番組のことを知らせてくれました。これからもご縁が続くことを心より願っています。

最後に

戦争というものは、巻き込まれた者すべてが犠牲者です。何もいいことはありません。私たちは、地球号という極めて限られた空間を共有しているのです。なぜ、自分の国の利益ばかり考えるのでしょうか。

戦争などによってどこかに大きな穴が開いたら、確実に沈むのです。一つの乗り物なのですから、その国だけが助かるということはありません。

これからの若い人たちは、もっと地球規模でものごとを考え、みんなが平和に暮らせるような仕組みを作ってほしいと切に願います。

イギリスで何度も質問されたのは、「日本の戦争に対する教育はどんなものですか？」ということでした。

父は、「ほとんどなされていないと思う。こちらが話しても関心がないことがわかる。残念に思っている」というようなことを言いました。私も、最近の教育では戦争のことをしっかり伝えているとは思えません。戦争が起こった経緯やそのときの様子などを、史実に基づいてしっかり伝えるべきだと思うのです。

また、いろいろな国の意見や違った角度からの客観的な発言を聞いたり読んだりすることで、自分なりに戦争を理解すべきなのです。私たち、そしてより若い世代は、実際に戦争を経験していないのですから、すべてを理解できるわけではありません。しかし、人間には想像力という偉大な力があるのですから、もしも、戦争がわが身の周りで起こったらと危機感を持てば、今の国の政治がどうなっているのかを知り、自分たちも真剣に考えなければならないと気づくはずです。

突然降ってわいたような今回の渡英でしたが、よく考えてみれば、今までの父の人生のあゆみがすべて、このことに繋がっていたと感じることができます。イギリスで会うことができた元捕虜の方々とは、会うべくして会えた感じがします。父の渡英によって戦争中に受けた傷が少しでも癒されることがあれば、父が遠い国へおもむいたことに大きな意味があるのだと思います。この渡英が実現するために関係していただいたすべてのみなさまに改めて心より感謝いたします。

第五章　戦争のない未来に向けて

泰緬鉄道博物館像の撤去運動

第二章の後半でお伝えした泰緬鉄道博物館玄関前の像について、その後の顛末《てんまつ》を報告します。泰緬鉄道博物館の玄関前にあった三体のミャンマー人労働者と二体の日本兵の像のことです。

その像のミャンマー労働者はみな痩せこけ、フラフラになりながら仕事に従事している姿でした。日本兵の一体は銃口を上に向け、険しい顔で労働者を見張っている感じで、もう一体は右手の人差し指をミャンマー人に向け、何か指図している様子です。武力で強制的に仕事を強《し》いる日本兵の像を見た日本人は、誰しもが辛くて複雑な気持ちになるはずです。

日本人の子どもたちがこの像を見たら、「自分たちの国の人がこんなに酷《ひど》いことをしていたのか」と悲しい気持ちになってしまうでしょう。

実際は、すべてがそうではなかったはずです。たとえ戦争中といえども、温かい心が流れている瞬間があったはずです。

現地の労働者は、過酷な状況の中でも、「この鉄道が完成すれば、誰でも汽車に乗ってパゴダにお参りに行けるようになるのだから頑張ろう」と、完成に向かって日本兵と心をひとつにしていた事実も少なからずあったと聞いています。

ミャンマーの日本大使館から、「モン州の首相に直接生き証人である父上から手紙を送るのが一番いいと思うがどうか」という電話が帰国後すぐに入りました。さっそく手紙を書き上げ、首相へ送ろうとしましたが、通常の郵便ではヤンゴンまでしか届かないことが判明。それでは意味がないので、何とか民間のサービスを利用してタンピュザヤまで送るよう手配しました。確実に手渡されるサービスなので、父の手紙はモン州首相の手元に届いたはずです。

また、像の件ではミャンマーを中心に無償医療をされている吉岡秀人先生にも大変お世話になりました。

そして平和の塔の建設計画の折衝と並行して、前述の置田さんも像のことで精力的に動いてくださいました

二〇一六年三月になって突然「どうやら像を移動してくれたようだ」という情報が、置田さんから現場の写真とともに入ってきました。二体の日本兵の像が、野外で展示してある実際の蒸気機関車の先頭に作られた柵の中に立っていたのです。あたかも蒸気機関車を守っているという風景でした。

あまりの急展開に、びっくりするとともに、この奇跡的な出来事は、日々心に引っかかっていた重たいものを吹き飛ばしてくれました。

多くのみなさんのお力添えに加え、ちょうどミャンマー政府が政権交代直前の時期であったことが良かったのか、生き証人として父がモン州の首相に直接送った陳情の手紙が功を奏したのかわかりませんが、とにかく後世に残したくないものがなくなったことで、家族みんなで像の移動を喜び合いました。

父もそのころは弱り始めていましたが、その話を聞いて涙声になり、大きく何度もうなずきました。

残念なのは、置田さんが平和の塔建設の悲願を果たされ、盛大な除幕式に一緒に来て欲しいと誘っていただいたにもかかわらず、急に弱ってしまった父にとって、もうミャンマーは遠い国になっていたことです。

参列は叶《かな》いませんでしたが、博物館から強く依頼され

移設後の日本兵の像。

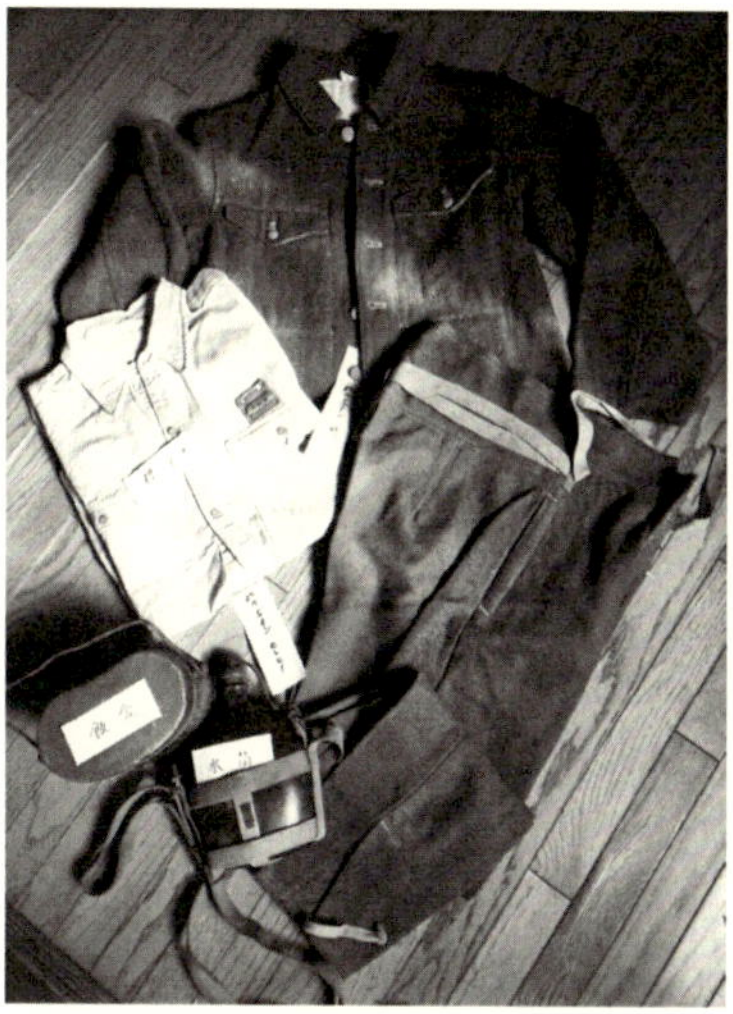

父が寄贈した軍服。

ていた父の軍服一式を置田さんに持って行ってもらいました。自分の軍服が展示されることを父はとても喜んでいました。

その軍服は暑い国を想定して作ったとは思えないほど重たいものでした。ていねいに扱っていたので今もきれいで、当時几帳面《きちょうめん》に手入れしていた父の姿が思い浮かびます。また、金属がもう使えない時代だったのでボタンは陶器でできていました。その軍服と水筒など携帯品はすべて吹田市の戦争記念会館に寄贈していたものですが、事情を話して軍服だけをミャンマーに持って行くことを許可してもらいました。

像の件は多くのみなさんにお話ししましたが、ほとんどの方が心を痛め、何とか良い方向に行くようにと祈ってくださいました。

ご心配をおかけしたみなさんに感謝の気持ちを込めて、ここに報告させていただきます。

モン州大臣への手紙（ミャンマーの日本大使館がミャンマー語に翻訳してくれました）

モン州大臣様

このたびは、泰緬鉄道博物館のオープニングセレモニーにお招きいただきありがとうございました。また、大臣に直接お目にかかることができてとても嬉しく思っております。かねてから念願であった博物館が建設されたことは戦友ともども喜びに堪えません。

しかしながら、博物館の玄関までの線路に設置された五体の像が現わす状況を見てとても悲しく思いました。私は戦争中、実際に泰緬鉄道建設に従事しました。オーストラリアの捕虜一一〇〇人と現地のミャンマー人二〇〇〇名と一緒に作業をしましたが、作業手順を指図することはあっても、あのように銃を持っての行為はまったくしていませんし、見てもいません。

確かに行き過ぎた状況があったという話は聞き及んでいますが、実際にあのような状況でなくても作業が行われたのも事実です。泰緬鉄道建設にはたくさんの命が犠牲になりま

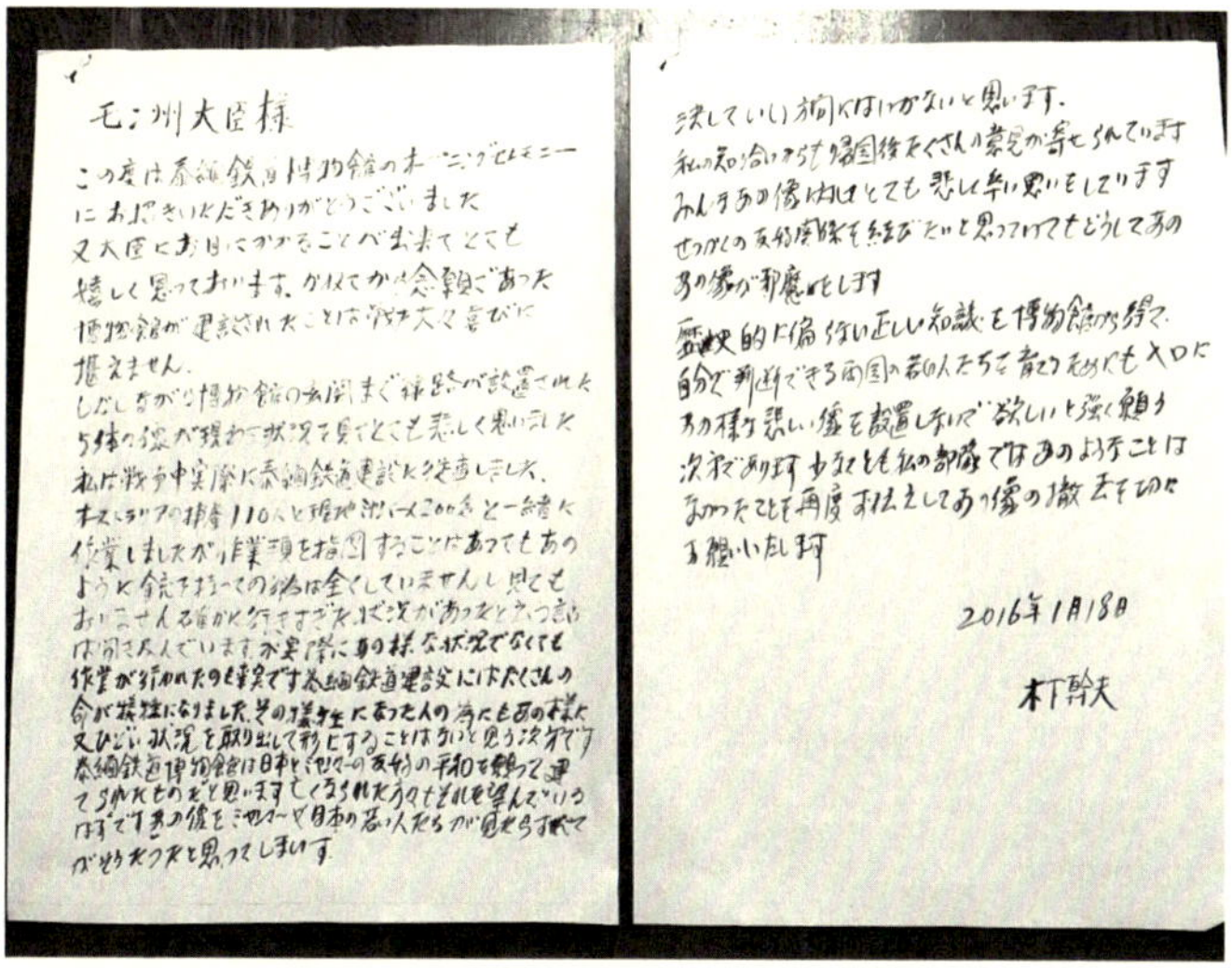
モン州大臣様
この度は泰緬鉄道博物館のオープニングセレモニー
におまねきいただきありがとうございました
又大臣にお目にかかることが出来てとても
嬉しく思っております。かねてからの念願であった
博物館が建設されたことは誠に大々喜びに
堪えません。
しかしながら博物館の玄関まで線路が設置された
5体の像が現わす状況を見てとても悲しく思いました
私は戦争中実際に泰緬鉄道建設に従事しました。
オーストラリアの捕虜110人と現地ビルマ人200名と一緒に
作業しましたが作業員を指図することはあってもあの
ように銃でおどしての指示は全くしていませんし見ても
おりません。確かに行きすぎた状況があったという話は
聞き及んでいますが実際にあの様な状況でなくても
作業が行われたのも事実です泰緬鉄道建設にはたくさんの
命が犠牲になりました。その犠牲となった人の為にもあの様な
ひどい状況を取り出して形にすることはないと思う次第です
泰緬鉄道博物館は日本とミャンマーの友好の平和を願って建
てられたものだと思いますなくなられた方々もそれを望んでいる
はずですあの像をミャンマーや日本の若い人たちが見たらすべて
がそうだったと思ってしまいます。

決していい方向には行かないと思います。
私の知り合いからも帰国後たくさんの意見が寄せられています
みんなあの像に対してとても悲しく辛い思いをしています
せっかくの友好関係を結びたいと思っていてもどうしてあの
あの像が邪魔をします
歴史的に偏らない正しい知識を博物館から得て
自分で判断できる両国の若い人たちを育てるためにも入口に
あの様な悲しい像を設置しないで欲しいと強く願う
次第であります少なくとも私の部隊ではあのようなことは
なかったことを再度お伝えしてあの像の撤去をお願
お願いいたします

2016年1月18日

木下幹夫

モン州大臣へ父が書いた、父の人生最後の手紙。

した。その犠牲になった人のためにも、あのようにまた酷い状況を取り出して形にすることはないと思う次第です。泰緬鉄道博物館は、日本とミャンマーの友好と平和を願って建てられたものだと思います。亡くなられた方々もそれを望んでいるはずです。

あの像をミャンマーや日本の若い人たちが見たら、すべてがそうだったと思ってしまいます。決して良い方向には行かないと思います。

私の知り合いからも帰国後たくさんの意見が寄せられています。みんなあの像に対してとても悲しく辛い思いをしています。せっかく友好関係を結びたいと思っていても、どうしてもあの像が邪魔をします。

歴史的に偏らない正しい知識を博物館から

得て、自分で判断できる両国の若い人たちを育てるためにも、入口にあのような悲しい像を設置しないで欲しいと強く願う次第であります。

少なくとも私の部隊ではあのようなことはなかったことを再度お伝えして、あの像の撤去を切にお願いいたします。

二〇一六年一月一八日

木下幹夫

結びとして

「どんな理由があっても戦争は決して肯定できない」

日本に大変造詣《ぞうけい》が深く、現在コロンビア大学の名誉教授であり、二〇一二年に日本国籍を取得された九四歳のドナルド・キーン氏は、

「七〇年前からこれまでに戦死した日本人はひとりもいない。これ自体は極めて喜ぶべきことであるが、実際に戦争体験のある人が大変少なくなったため、戦争の悲惨さに恐れを感じない日本人が多くなったようで、非常に危険なことだと思っている」

と書いておられます。
父は、戦後七十余年の間にミャンマーの地を訪れ、二七回の慰霊の旅をしましたが、戦争がなければ父の人生も違っていたことでしょう。二七回も亡き戦友に会いに行く思いは、当時の過酷な状況を乗り越え、死線を一緒に越えた者にしかわからない深い絆《きずな》があったからこそだと思います。父と同じ中隊にいた方が戦後書いた文章の中で、次の一節を見つけました。

「戦場における兵士の身は本当にはかないものだ。一歩の差、一秒の違い、誰と行動をともにしたかによって、たちまち生死が分かれてしまう。これ、天命と言うべきか。だが、ひとりで運命の大海を渡れるわけがない。苦境を突破し、生きながらえたときは、そこには必ず戦友の援護、協力、助言があった」

この方は、マラリアにかかり、高熱に苦しみ食欲不振で衰弱状態になっていたとき、敵中に孤立状態になります。その後、敵中突破するのですが、上官が自分自身の装備を捨てて、その方の銃、装具を携行し、行軍中は叱咤激励《しったげきれい》し、親身になって介護してくれたそうです。数奇な運命を辿《たど》って二人は無事日本に帰ることができ、その後は長きに渡って温かい交流が続いたということです。

戦争という言葉からは、本当の戦争を体験していない者にとっては、国と国の戦いであり、ミサイルが飛んだり、爆撃されたりという映像がすぐに思い浮かぶのではないでしょうか。イラン・イラク戦争のとき、テレビで中継されたのは、夜空に光が飛び交う、まるでゲームの世界でした。

しかし私たちは、その映像の下で恐怖に押し潰されている人々に思いを馳《は》せなければいけないのです。母は子を守るために必死に逃げ、お年寄りさえも戦争に巻き込まれ、辛い日々を過ごしているということは、なかなか想像できません。

戦争とは、関わったすべての人が犠牲になる事象なのです。戦死すればその家族にまで悲しみが及び、その後の生活もまったく違うものになってしまいます。国が勝っても負けても、死んでしまったら終わりです。それも自分の意思でないことのために死んでいった人たちのことを思うと、心が痛みます。

戦争になれば、与えられた状況の中で生きるしかなく、最後は自分の命を大切な家族のため、そして祖国のために捧げるという追い詰められた思いしかなくなるような気がします。そのようにして亡くなった多くの方々の遺骨が、七十余年経った今でも、東南アジアの各地に残されており、インパール作戦の犠牲者の御霊《みたま》も、そのほとんどがミャンマーの地に眠っています。

人間を兵隊としての戦力でしか見ない理不尽な戦争中でも、きっと人間らしさを失わず、筋を通して生き死にした方が多かったと確信します。そうであればあるほど、悲しみや苦しみは深かったはずで、その一人ひとりの無念に思いを馳せると絶句するほかありません。戦争は人間を不幸にするものです。どんな立派な理由があっても、決して戦争を肯定してはいけないし、やってはいけないと思います。

私は、この本を書くにあたって、さまざまな戦争中の手記を読みましたが、あまりにも今の生活からかけ離れたものばかりで、想像すらできないほど悲惨なものでした。一日一日を必死で戦い、生き死にされたみなさんに対して、日本が二度と戦争に巻き込まれることがないよう、私たち一人ひとりが強い決意を持って戦争反対を訴えなければ、とても申し訳がたたないと思います。誰ひとりとして人を殺《あや》めたくなかったはずです。日本人は縄文の昔から戦うという概念がなく、平和に暮らしてきた民族です。捕虜に対しても、本当は丁寧に対応したかったはずです。自分たちの食糧もない状況で、仕方なくそうせざるを得なかったことも多かったと思います。自分が犠牲になろうとも捕虜をかばった兵隊さんの中にも、戦後の裁判で絞首刑になった方がいます。

戦争で亡くなられた方も、心から戦争は二度としてはいけないと魂の叫びを上げているように思えます。過去を断ち切るのではなく、その経験から生まれた知恵を未来に繋げ、活かしていかなければと改めてそう肝に銘じます。戦争があったという事実を決して忘れてはいけないのです。そして、日本だけでなく、世界の平和を切に願います。


父は、二〇一六年一月に泰緬鉄道博物館のオープニングセレモニーに招待され、長い車の旅にも耐え、立派に勤めを果し、三月には吹田市の「浜屋敷」において人生最後の講演を行いました。ミャンマーへの旅の疲れがあったのか、同年四月、急に足が立たなくなりました。六月には、歩けない状況であるにもかかわらず、「母の命日だから」と仏間まで行って転んで頭を打ち、脳出血で手術を受けました。それからは急激に記憶力が衰え、わずか数か月前の父とは別人のようになってしまいました。

戦地から浦賀港に帰還したときに、「こうして生きて帰れた命だから、みなさんも故郷《おくに》に帰ったら世のため人のために生きてくださいし」と伝えた言葉の通り、父は地域のためによく働いたと思います。「幹夫さん、幹夫さん」と、どこに行っても声をかけられる、地域の人に愛された明るい父でした。名誉とか名声に関してはまったく無関心の父でした。

父の生き方のベースには、戦争での体験がいつもあったと思います。
風邪ひとつひかない丈夫な父でしたから、病弱になってしまった今の自分の状況が理解できない様子です。しかし、そのような状態になって一年半が経ちましたが、自宅で過ごす父はいつも感謝の気持ちにあふれています。父はいつも今を楽しく生きてきました。今でも、穏やかで、不満を言うこともなく、何の要求もせず、声を荒げることもなく日々過ごしています。お世話になっているヘルパーさんの中には、父に会うと癒されると言ってくれる方もいますが、私たち家族も父の姿にいつも励まされています。

毎年のように訪れていたミャンマーも、父にとってはもはや遠い国です。私たち夫婦は戦争を体験していませんが、父のそばにいたお蔭でたくさんのことを見たり聞いたりする機会に恵まれ、父を通じて多くの人と知り合うことができました。これからも、父のようにはできませんが、ミャンマーへの慰霊は続けていきたいと期しています。父の慰霊に同行した長女もその意思を継ぎ、娘の二人の息子にもその思いが伝わっていきそうです。また、ご縁があったミャンマーの人たちとの交流も続け、友情の輪を広げていきたいと思います。父がお世話になったミャンマーという国は、私たちにとっても特別な国です。両国の平和のもと、孫ひ孫の代までも、そして永久にご縁が続くことを願っています。

木下幹夫受賞歴（抜粋）

昭和六〇年　日本赤十字社金色有功賞
平成四年　大阪府防犯協会連合会栄誉銀賞
平成五年　大阪府警察本部長優良運転者特別優良表彰
平成八年　全国防犯協会連合会警察庁長官防犯栄誉銅賞
平成八年　日本善行賞
平成九年　少年補導栄誉銅賞
平成一三年　少年補導栄誉金賞
平成一三年　近畿管区警察局長防犯功労者賞
平成一七年　全国防犯協会連合会警察庁長官防犯栄誉銀賞
平成二三年　全国防犯協会連合会警察庁長官防犯栄誉金賞
平成二三年　日本善行会皇太子殿下御接見長寿善行者表彰
平成二五年　藍綬褒章
平成二七年　防犯功労賞

木下幹夫社会教育歴

吹田市青少年指導員（昭和三六年〜昭和五六年）
南吹田地区公民館運営審議会委員・副議長（昭和四五年〜平成四年）
第九代下新田自治会会長（昭和五四年〜平成一七年）
吹田警察署少年補導員（昭和五七年〜平成一三年）
吹田防犯協議会吹南支部長（平成元年〜平成二七年）
吹田防犯協議会会計（平成五年〜平成七年）
吹田警察署新田交番連絡協議会委員（平成六年〜平成一〇年）
吹田防犯協議会副会長（平成七年〜平成二七年）
吹田警察署南吹田公園交番連絡協議会委員（平成一〇年〜平成二七年）
吹田警察署南吹田公園交番連絡協議会会長（平成六年〜平成二七年）
（その他：下新田子供会会長、下新田ともしび会会長、善行会世話役、吹田くわい保存会世話役、郵便貯金地域推進委員、下新田旅行友の会会長、下新田寿会会長、吹南地区高齢クラブ副会長、山科講世話役、泉殿宮総代、弘誓寺門徒代表、吹田土地改良区理事、下新田実行組合支部長など）

「私の戦記」という記録の冊子を作っていた父が最後のページに書いていた言葉

戦争　今更過去の戦争などと云うことなかれ。

今日の我が国の繁栄も、その昔、祖国の為にと戦《いく》さに狩り出され、現在の祖国の礎《いしずえ》ともなって、国難の名の元に，名も無く野末の露と散った幾多の尊い犠牲の許《もと》に成り立っているると云うことを忘れないでほしい

合掌

あとがき

この本を刊行するにあたってたくさんの方とご縁を結ばせていただきました。振り返れば、もしもあのときあの出会いがなければ、この本は生まれなかったということが多々あります。

考えてみれば、私がラボ・テューターであったことがすべての始まりでした。二〇一五年秋、私の敬愛する言語学者の鈴木孝夫先生を囲む研究会が東京・神保町「サロンド冨山房」で開催され、その会に参加させていただいたおり、父のミャンマーでの慰霊の旅や、元捕虜の方と会うための渡英のことをみなさんの前でお話しする機会を得ました。その場を与えてくださったのは、研究会の主宰者である松本輝夫様(元ラボ教育センター会長)でした。

そしてそのとき、冨山房インターナショナルの坂本喜杏社長に、父のことを書き貯めていた自作の小冊子を渡すことができました。すると、何とそれを読んでくださった社長から「この貴重な体験を本にしましょう」とのご提案があったのです。しかも、以前から面識のあったミャンマーを中心に無償医療などで活躍されている吉岡秀人先生も冨山房インターナショナルから本を出版されていることがわかり、不思議なご縁を感じました。

また、その研究会でお目にかかった大阪国際大学名誉教授の松井嘉和先生からも声をかけてもらい、教え子でもあり泰緬鉄道建設などに関する研究をされている橋本量則先生を紹介していただきました。この出会いにより、橋本先生の今までの研究から判明した数々の事実も教えていただくことができました。橋本先生は、現在、泰緬鉄道建設など戦争中の資料が豊富に残っているロンドンにおいてさらなる研究活動をされています。

イギリスに招待してくれたハーロルドさんが二〇一七年一月、九七歳で激動の人生の幕を閉じられました。父の本が出るのを楽しみにしてくれて、出版の折にはその本を英訳したいと言ってくださっていたのにと残念でなりません。

すべてを受け入れる優しい眼差しを持ったハーロルドさんの凛《りん》としたたたずまいは、いつまでも忘れることはできません。

「日本兵を憎んで死にたくはない。憎しみからは何も生まれないのだから。ミキオと会うことでその気持ちを昇華させたい」というのが父を招待してくださった理由だったと思います。レセプションに参加された他の元捕虜のみなさん全員と笑顔で握手する父を見つめるハーロルドさんのまなざしは、穏やかで慈しみにあふれていました。心からハーロルドさんのご冥福をお祈りいたします。仲睦まじかった奥様のサリーさんの悲しみはいかばかりかと思うと胸が痛みます。また、サリーさんに会える日があることを願っています。

父が無事にミャンマーへの慰霊の旅を続けることができたのも、たくさんのみなさんの応援があったからです。父が立てなくなった一年前から、何人ものミャンマーの方々がはるばる父のお見舞いに自宅や病院に来てくれます。地域のみなさんもたびたび父の顔を見るために訪れてくださいます。多くのみなさんの変わらぬ温かいお気持ちに感謝申し上げます。

また、父がひとりでミャンマーに行くことが心配になったころから、義理の息子である主人が慰霊の旅の同伴をしてくれました。ラボの大きな行事を目前に旅立つことができないことが多い私に代わってのことでした。この場を借りて感謝したいと思います。

最後に、この本の制作にあたって関わっていただいたすべての方に感謝申し上げます。特に、松本輝夫様には多くのご配慮とサポートを賜りました。ご夫妻で大分県から大阪・千里丘に入院中の父のお見舞いにも来てくださいました。山崎修様には編集作業において大変お世話になりました。

そして、坂本喜杏社長には、お会いするたびにいろいろなお話をさせていただき、励ましを受けて参りました。

創業一三〇年を超える日本一の老舗出版社、冨山房インターナショナルから父の本を世に出していただくことは、未だ信じられないほど光栄なことで、改めて坂本社長のご厚意とご協力に心から感謝申し上げます。

さらにもう一言。この本ができあがるまでには実に多くの奇跡のような偶然の出来事が重なり合いました。それらはすべてミャンマーで散っていった兵隊さんたちが起こしてくれていたような気がしてなりません。自分たちのことを忘れないでほしい、自分たちの死を無駄にしないでほしい、戦争のない平和な世界を実現してほしいと願うその切なる訴えが聞こえるようです。そんな声に導かれ、この本を書かせていただいたような気がしています。

戦争で亡くなったすべての方のご冥福を今一度お祈りして結びとさせていただきます。

【著者プロフィール】

松岡素万子（まつおか　すまこ）

1953年生まれ、大阪府吹田市在住。1男2女の母。大阪府立桜塚高校、大阪歯科大学付属歯科衛生士学校、千里金蘭大学短期大学部英文科卒業。

1987年、ラボ教育センターにおいてテューターとなり「ラボ松岡パーティ」開設。乳児から大学生までの縦長の環境で、「テーマ活動」と呼ばれる主に英語と日本語をベースに数多くの物語を全身で表現し発表する活動を現在も継続中。全国キャンプへの参加､各種パーティ行事の企画運営に携わる。大きな舞台での発表は｢ピーター・パン」「西遊記」「雪渡り」「ジョン万次郎物語」「国生み」「夏の夜の夢」他。公益財団法人ラボ国際交流センターボランティアリーダーとして国際交流に関する仕事にも関与している。

ミャンマーからの声に導かれ
――泰緬鉄道建設に従事した父の生涯

2018年2月3日　第1刷発行

著　者　松岡素万子

発行者　坂本喜杏

発行所　株式会社 冨山房インターナショナル

〒101-0051
東京都千代田区神田神保町1-3
TEL 03(3291)2578　FAX 03(3219)4866
http://www.fuzambo-intl.com

印　刷　株式会社 冨山房インターナショナル

製　本　加藤製本株式会社

ISBN 978-4-86600-044-2 C0095